中华
经典通识

《水浒传》通识

吴兆路　高红豪——著

中华书局

图书在版编目（CIP）数据

《水浒传》通识／吴兆路，高红豪著. —北京：中华书局，2024.4
（中华经典通识）
ISBN 978-7-101-16481-7

Ⅰ.水…　Ⅱ.①吴…②高…　Ⅲ.《水浒》-研究
Ⅳ.I207.412

中国国家版本馆 CIP 数据核字（2023）第 243807 号

书　　　名	《水浒传》通识
著　　　者	吴兆路　高红豪
丛　书　名	中华经典通识
主　　　编	陈引驰
丛书策划	贾雪飞
责任编辑	吴艳红　詹庆莲
封面设计	毛　淳
责任印制	管　斌
出版发行	中华书局
	（北京市丰台区太平桥西里 38 号　100073）
	http://www.zhbc.com.cn
	E-mail：zhbc@zhbc.com.cn
印　　　刷	天津裕同印刷有限公司
版　　　次	2024 年 4 月第 1 版
	2024 年 4 月第 1 次印刷
规　　　格	开本/880×1230 毫米　1/32
	印张 8⅛　字数 130 千字
印　　　数	1-8000 册
国际书号	ISBN 978-7-101-16481-7
定　　　价	56.00 元

编者的话

经典常读常新，一代有一代的思想，一代有一代的解读。"中华经典通识"系列丛书，邀请当今造诣精深的中青年学者，为读者朋友们讲授通识课。希望通过一本"小书"，轻松简明地讲透一部中华传统经典。

本系列丛书由复旦大学陈引驰教授主编，每本书的作者都是该领域的名家，他们既有深厚的学养，又长于深入浅出，融会贯通。每本书都选配了大量相关的图片，图文相生，能增强阅读的趣味性。

希望这套丛书，能成为人们了解中华传统文化的可靠津梁。

目　录

《水浒传》是一部奇书

《水浒传》是一部奇书!

《水浒传》奇就奇在其独特的艺术魅力。明代的李贽曾称此书为"天下之至文",并列为"宇宙内有五大部文章"之一,赞叹道"批点得甚快活人"。明末清初的金圣叹曾将《水浒传》称为古代"六才子书"之一,清初李渔更是直接将《水浒传》与《三国演义》《西游记》《金瓶梅》定为明代的"四大奇书"。当然自古也有持不同观点的人,认为这是一部"诲盗"之作,是教人做强盗的书。从明朝的左懋第最早提出,一直到清朝乃至今天,始终有人认为这部书"少年不宜",充斥怨恨和暴力,打打杀杀,结伙造反,对社会的稳定极为不利,后果不堪设想。因此,更有必要正本清源,细说原委。

书名"水浒"字面的意思是水边,指故事发生的地点——山东梁山泊。古代的梁山泊也正是古巨野泽的最北端。若说书名的出处，还可追溯到《诗经·大雅·绵》"古公亶父，来朝走马。率西水浒，至于岐下"的诗句。该诗记载了周太王率领部族迁徙的事情。王利器与罗尔纲两位先贤不约而同地指出，用"水浒"作书名，是将宋江等人的聚义和周王朝的兴起作类比，证明原作者肯定起义英雄们反抗黑暗统治的正义精神。水浒义军领袖宋江原是基层官吏，后被逼上梁山，与其他梁山好汉一起反抗暴政，"替天行道"，逐渐发展壮大。与周王朝反抗商纣王残暴统治的历程异代同调。

这部小说描写了梁山一百零八将各自不同的故事，从他们一个个被逼上梁山、逐渐壮大、起义造反到最后接受招安招致失败的全过程。《水浒传》中的一百单八将传说是三十六天罡星和七十二地煞星转世，他们讲究忠和义，爱打抱不平、劫富济贫，不满贪官污吏，最后集结梁山，与腐败无能的朝廷抗争。小说成功地塑造了宋江、林冲、李逵、鲁智深、武松等人物的鲜明形象，也向读者展示了宋代的政治与社会状况。

《水浒传》的艺术成就是非常鲜明的。

首先，《水浒传》堪称中国白话文学的一座里程碑。此前的文言小说虽然也能写得精美雅致，但终究是脱离口语的书面语言，要做到"绘声绘色、惟妙惟肖"八字，总是困难的。《水浒传》的作者以很高的文化修养，流利纯熟地驾驭白话，来刻画人物的性格，描述各种场景，显得极其生动活泼。特别是写人物对话时，更是闻其声如见其人，其效果是文言所难以达到的。有了《水浒传》，白话文体在小说创作方面的优势得到了完全确立，这在整个中国文学史上意义极为深远。

其二，结构艺术特点突出。《水浒传》主要是在民间说话和戏剧故事的基础上形成的，它把许多原来分别独立的故事经过改造组织在一起，既有一个完整的长篇框架（特别是到梁山大聚义为止），又保存了若干仍具有独立意味的单元，可以说是一种"板块"串联的结构。从长篇小说的结构艺术来说固然有不成熟之处，但从塑造人物形象来说却也有其便利之处。一些重要人物在有所交叉的情况下，各自占用连续的几回篇幅，性格特征得到集中的描绘，表现得淋漓酣畅，给人以极深刻的印象。

其三，生活真实与艺术真实完美结合。作者以自己的创作实践表明，只要表现了生活的本质真实，那么具体生活事件的真假有无都是无关紧要的。这一点，容与堂本《水浒传》第十回评语中有过概括性总结："《水浒传》文字原是假的，只为他描写得真情出，所以便可与天地相终始。"第九回写林冲被刺配沧州，分派到天王堂看守后，高俅派陆谦到沧州管营，要暗中结果林冲性命。不想林冲在这里遇到以前自己救助过的李小二，李小二正好在此开酒店，陆谦又恰巧到其酒店让其找来管营、差拨，几人密谈谋害林冲的阴谋，被李小二夫妇听得一清二楚，二人忙把此事告诉了林冲。这段故事本属虚构，但作者好似亲临其境，写得细腻入微，惟妙惟肖，给人呼之欲出的真实感觉。

豹子头林冲

清代张琳绘。林冲在梁山一百零八好汉中排第六，上应天雄星。

其四，《水浒传》最值得称道的地方，无疑是人物形象的塑造。作者以其对社会生活的广泛了解、深刻的人生体验和丰富活跃的艺术想象，在人物塑造方面达到了前所未有的成就。小说人物众多，而人物的身份、经历又各异，表现出各自不同的个性。金圣叹说书中"人有其性情，人有其气质，人有其形状，人有其声口"（《〈第五才子书施耐庵水浒传〉序三》），这固然有些夸大，但就其中几十个主要人物而言，是切中肯綮的。武松的勇武豪爽，鲁智深的疾恶如仇、暴烈如火，李逵的纯任天真、戆直鲁莽，林冲的刚烈正直，无不栩栩如生，使人过目难忘。

其五，《水浒传》语言特色也非常鲜明，能娴熟地运用白话来写景、叙事。例如第九回"林教头风雪山神庙"中的"那雪正下得紧"一句，鲁迅就称赞它"比'大雪纷飞'多两个字，但那'神韵'却好得远了"（《花边文学·"大雪纷飞"》）。因为"紧"字不但写出了风雪之大，而且也隐含了人物的心理感受，烘托了氛围。特别是在人物语言个性化方面，《水浒传》能"一样人，便还他一样说话"（金圣叹《读第五才子书法》），从对话中能看出不同人物的性格。例如第六回写高衙内调戏林冲的娘子时，鲁智深赶来要打抱不平，林冲却道："原来是本管高太尉的衙内，不认得荆妇，时间无礼。林冲本待要痛打那厮一顿，太尉面上须不好看。自古道：'不怕官，只怕管。'林冲不合吃着他的请受，权且让他这一次。"鲁智深则道："你却怕他本官太尉，洒家怕他甚鸟！俺若撞见那撮鸟时，且教他吃洒家三百禅杖了去！"两番话鲜明、准确地反映了林冲和鲁智深两人的不同处境、不同性格：一个有家小，受人管，只能委曲求全、逆来顺受；另一个赤条条无牵挂，义无反顾。这都给人留下了极其深刻的印象。

《水浒传》故事精彩纷呈，跌宕起伏，人物形象各具性情，各有性格，各有特色，那些被逼上梁山的好汉各自的成长经历也不尽相同。《水浒传》以细致深刻的笔触大胆为来自社会底层或被上层人士排挤出来的一批人物树碑立传，各色人物均闪耀着忠义豪迈的水浒精神。他们侠肝义胆，爱憎分明，敢打天下不平。从智取生辰纲、登州大劫牢、三打祝家庄，到兵打北京城、智取大名府，再到"八方共域，异姓一家"的忠义堂排座次，梁山好汉的团队协作精神体现得淋漓尽致。从鲁智深"遇酒便吃，遇事便做，遇弱便扶，遇硬便打"（金圣叹语），到李逵"杀去东京夺了鸟位"，无不折射出梁山好汉的英雄本色，至性至情。

社会不和谐的根本原因是什么？为何会产生那么多盗贼流寇？谁是罪魁祸首？金圣叹在第一回开宗明义批道："一部大书七十回，将写一百八人也。乃开书未写一百八人，而先写高俅者，盖不写高俅便写一百八人，则是乱自下生也，不写一百八人先写高俅，则是乱自上作也。……乱自上作，不可长也，作者之所深惧也。"第十四回阮小五也说："如今那官司一处处动掸便害百姓，但一声下乡村来，倒先把好百姓家养的猪羊鸡鹅尽都吃了，又要盘缠打发他。"金圣叹于此批道："千古同悼之言，《水浒》之所以作也。"

"少不读《水浒》，老不看《三国》"是坊间流传颇广的一句俗语，意思是：青少年不要去阅读《水浒传》，老年人不要去看《三国演义》。因为这些书可能会在特定人群身上产生某种"负面"影响，造成人生观、价值观扭曲，让人变"坏"。

除了"崇拜暴力"之外，"造反有理""欲望有罪"等同样被视为《水浒传》的症结，有学者认为其对中国的民族性格塑造产生了较大的"负面影响"。

（清）陆谦绘《水浒百八像赞临本》（局部）

对此，关键是我们应该持一种什么样的立场和运用什么样的方法论来认识看待传统文学经典中的这些问题。若是站在社会下层被欺压、被奴役的弱势群体的立场上来看，其实那是一个虎狼当道、民不聊生、官逼民反的社会，是一个"以小贤役人，而以大贤役于人"的时代，"势必至驱天下大力大贤而尽纳之水浒矣"！（李贽《忠义水浒传序》）另外，我们也不应将次要的或负面的细枝末节无限放大，对主要精神视而不见，更不能以现代的标准来要求小说中的好汉形象"高、大、全"。就其主要精神来说，《水浒传》总结了一条社会腐败的主要历

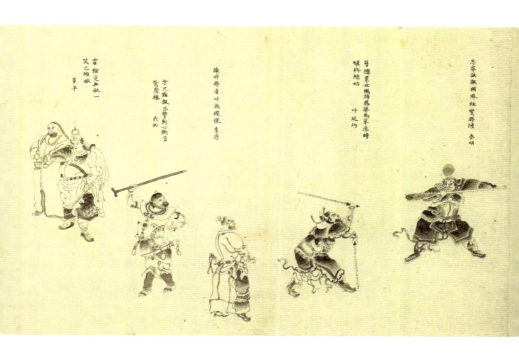

史根源：乱自上作。小说中第一个正式登场的人物是高俅，这个因善踢球而得到皇帝宠信的市井无赖，居然不到半年就升到殿帅府太尉的高位，从此连同他的"衙内"倚势恃强，无恶不作。在全书正文的开端这样写，就寓有"乱自上作"的意味。同时，《水浒传》还肯定了社会一批百姓的报国热情，就是替天行道；描绘了一幅新兴市民阶层平等世界的素朴蓝图——梁山上没有贵贱之分；歌颂了这些英雄人物的人性之美——个个忠义双全，处处闪烁着人性的光辉！

对一般读者来说，小说中的英雄气质才是最吸引他们的东西。梁山好汉都是传奇式的、理想化的人物。他们或勇武过人，或智谋超群，或身禀异能，而胸襟豁达、光明磊落、敢作敢为，则是他们共有的特点。像鲁智深好打抱不平，"禅杖打开危险路，戒刀杀尽不平人"；武松宣称："我从来只要打天下这等不明道德的人！我若路见不平，真乃拔刀相助，我便死也不怕！"确是豪气干云，令人激奋。黑旋风沂岭杀四虎、花和尚倒拔垂杨柳、武松景阳冈打虎一类与社会矛盾无关的情节，同样由于主人公的个性、力量、情感的奔放，而给人以生命力舒张的快感。在污秽而艰难的现实世界中，这些传奇式的英雄好汉，给了读者很大的心理满足。

20世纪70年代中期，中国掀起一场不大不小的"评《水浒》，批宋江"运动，批评宋江只反贪官，不反皇帝。事实上，皇帝和贪官组成了封建专制社会的利益共同体，皇帝给贪官职位与特权，贪官忠诚执行皇帝的旨意，并为之维护统治、谋取利益。宋江接受招安的选择是对主流社会的一种回归，是对贪腐黑暗社会的一种屈从。细读《水浒传》不难看出，作者是幻想过宋江不接受招安的结局的，但他严格遵循着历史的规律，不得不给水浒英雄一个个安排悲剧的下场。

《水浒传》究竟是在歌颂这种至死不悔的"忠"，还是在影射对专制朝廷"不可忠"？这是留给读者思考的题目。李逵曾说过："晁盖哥哥便做大宋皇帝，宋江哥哥便做小宋皇帝。吴先生做个丞相，公孙道士便做个国师，我们都做个将军，杀去东京夺了鸟位，在那里快活却不好……"其实这与宋徽宗时的制度没有任何本质分别，李逵作为极力反对招安的代表，尚能做出这般规划，更何况出身吏胥、对统治阶级内部有一定了解的宋江。只是李逵这一股力量始终处在以宋江为代表的主"忠"力量的抑制之下，宋江最终把梁山大军引到了投降招安之路。由此观之，无论宋江是否接受招安，本质上都是对贪腐的顺从。接受招安是牺牲于贪腐，不接受招安而自立为王则又有可能成为贪腐的化身，甚至成为第二个宋徽宗。

作为中国历史上第一部长篇白话章回体小说，《水浒传》对后世的影响是深远的。此后不仅出现了许多续书，如《水浒后传》《荡寇志》《后水浒传》等，还曾被改编成多种曲艺形式。另一部古典名著《红楼梦》中就提到了《鲁智深醉闹五台山》的曲目。评书、苏州评弹和山东快书都有很多经典节目是取材自《水浒传》。在缺乏知识以及大众娱乐活动的年代，《水浒传》往往通过民间艺人，以戏曲曲艺的形式，成为普通民众仅有的文化活动。其中虚构的人物、故事变成了老百姓眼中的"史实"。很多故事如"花和尚倒拔垂杨柳""武松打虎"等，历来为男女老少所津津乐道。书中字里行间所呈现出来的英雄的各种道德观，如轻生死、重义气、敢作敢为、劫富济贫，乃至忠君反贪等理念，在相当程度上影响了大众评判是非善恶的标准。而这些标准是否真正值得宣扬，当然可以讨论。

阅读《水浒传》，也有必要略知一下版本情况。《水浒传》的全称是《忠义水浒传》，其版本很复杂，大致可以分为简本和繁本两个系统：简本文字简略，描写细节少；繁本描绘细致生动，文学性较强。这两个系统的先后问题，研究者有不同看法，但现在认为繁本在先的占大多数，我们也持这种意见。换言之，所谓"简本"，其实是删节本。

在繁本系统中，现在所知的最早版本是《忠义水浒传》一百卷（即一百回）。另有明嘉靖年间武定侯郭勋所刻行的一百回本，也是较早的刻本，但已经过修改。此本在国内已失传，

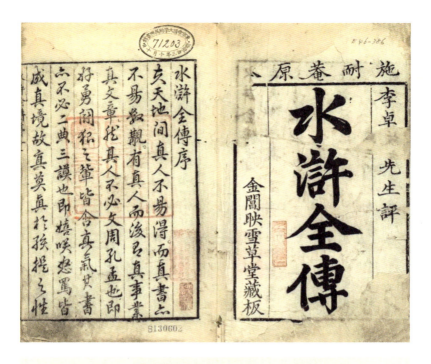

映雪草堂刊本《水浒全传》书影

日本有"无穷会"所藏一种明刻清印本，从其版本特点来看，当是完整保存了"郭本"面貌的刊本。至于现存较完整的早期百回本，有天都外臣序本（序作于万历己丑即1589年），明人沈德符《万历野获编》说它是郭勋家所传，以前的研究者颇有因此而认为它是郭本的翻刻本的，其实不确，它的底本可能是郭勋家所藏的未经修改的早期本子。上述百回本在梁山大聚义后，只有平辽和平方腊的故事，没有平田虎、王庆的故事。

　　繁本中还有一种一百二十回本，是袁无涯根据杨定见所提供的本子刻行的，但增入了一般繁本系统所没有而只有简本系统才有的平田虎、王庆的故事，并作了增饰，书名因此称为《忠义水浒全传》。过去多认为这种本子刻于天启、崇祯年间，其实明朝"公安派"袁中道在其《游居柿录》中已提到它，其刊刻年代当在万历四十二年（1614）以前。金圣叹将繁本的《水浒传》砍去梁山大聚义以后的部分，又把原第一回改为楔子，使其成为七十回本，并诈称是一种"古本"。因为它保存了原书最精彩的部分，文字也有所改进，遂成为最流行的版本。

　　简本系统的《水浒传》也有许多种，现在只作为研究资料来使用，现知较早的本子有明万历年间余象斗的《水浒志传评林》。

　　要想读懂《水浒传》，首先必须清楚：水浒故事，包括《大宋宣和遗事》、元杂剧中的许多水浒戏，基本都形成于元代。元代时蒙古族统治中原，当时不仅有"九儒十丐"之说，统治者对包括汉人和各少数民族在内的"南人"，采取的也是残酷统治和武力镇压方式。据有关史料载，元代"南人"与蒙古人、色目人之间，根本没有平等可言。另外，汉民族有着自己悠久的文化传统：第一是正统观念，视蒙古人为"异族"；第二是道德观念，讲究"礼仪"和"伦理"。汉人对蒙古人的统治不满，但在高压政策下，不可能公然反抗，于是就通过肯定造反的书，表达他们呼唤英雄、反抗压迫的心声。

其实，自古以来，农民都是易满足、谨慎、安分守己的群体，只要有一口饭吃、有一件衣穿，不把他们的土地、儿女抢走，大都不愿意去造反；而能够被"唤起"的英雄，在当时的环境下，只能是那些流落江湖的"游民"，因为只有他们才能置身家性命于不顾，联合起来，上山造反。要造反就要杀人。作者不喜欢他所生活的那个时代的腐朽的朝廷，希望社会越乱越好。这就是《水浒传》鼓吹"替天行道""造反者即英雄"的真正原因。为此，还必须有一种"黏合剂"，把许多人团结起来，这就是"忠义"。作者在表达思想立意时特别强调了"忠义"二字，并将"忠义"思想贯穿于《水浒传》始终。

　　《水浒传》是一部描绘了北宋末年以宋江为首的梁山英雄好汉聚义的长篇小说。他们用自己的实际行动诠释了什么是忠诚、仁义、勇敢和智慧。在接下来的篇章里，我们将通过阅读和讲解《水浒传》，深入了解这些英雄的故事，感受他们的情感诉求和人生经历。让我们一起走进《水浒传》，走进这些英雄的世界，共同探索他们的成长历程和英勇事迹吧！

《水浒传》"真有其事"吗

是小说还是历史？是传奇还是演义？要想讲清楚《水浒传》是一本什么样的书并不简单。读者常常将《水浒传》与《三国演义》并谈，原因自然是二者内容都侧重于历史事件的演义，且成书时间接近，据有些学者考证，今传本署名的作者施耐庵与罗贯中也关系密切，更有《水浒传》为二人合著的说法。那么《水浒传》与《三国演义》除"讲史"的朝代不同外，是不是同一种类型的作品呢？答案当然是否定的。

《水浒传》是中国古代第一部长篇通俗体白话小说，它的问世标志着英雄传奇这一章回小说类型的成熟。就目前所见资料来看，《水浒传》的成书略晚于《三国演义》，二者同为章回小说，区别在于《水浒传》在语言上改用白话，内容上也更侧重于英雄传奇而非历史演义。与《三国演义》的对比以及文学史中的评价，能够帮助我们对《水浒传》有一个概观。接下来我们将从"《水浒传》的历史原型""元代水浒戏与明代《水浒传》"及"《水浒传》故事的一波三折"等三个角度出发，回顾《水浒传》的成书过程与传播接受，以期窥其全貌。

1.《水浒传》的历史原型

（1）《水浒传》的本事

《水浒传》改编自北宋末年的宋江起义事件，后世史料对此事件的记载成为《水浒传》成书的基础。这些史料中既有宋人私纂的笔记，也有元人官修的《宋史》。前者代表有南宋王偁的《东都事略》、徐梦莘的《三朝北盟会编》和李埴的《皇宋十朝纲要》等。

南宋王偁《东都事略》：

（宣和三年二月，）方腊陷楚州。淮南盗宋江犯淮阳军，又犯京东、河北，入楚、海州。夏四月……庚寅，童贯以其将辛兴宗与方腊战于青溪，擒之。五月丙申，宋江就擒。（卷十一《徽宗纪》）

南宋徐梦莘《三朝北盟会编》：

宣和二年，方腊反睦州，陷温、台、婺、处、杭、秀等州，东南震动。以贯为江浙宣抚使，领刘延庆、刘光世、辛企宗、宋江等军二十余万往讨之。（卷五十二引《中兴姓氏奸邪录》）

南宋李埴《皇宋十朝纲要》：

（宣和元年十二月，）诏招抚山东盗宋江。……（宣和三年）六月己亥，姚平仲破贼金像等三十余洞。辛丑，辛兴宗与宋江破贼上苑洞，姚平仲破贼石峡口。（卷十八）

元代脱脱等所编《宋史》：

宋江寇京东，蒙上书言："江以三十六人横行齐魏，官军数万无敢抗者，其才必过人。今青溪盗起，不若赦江，使讨方腊以自赎。"（卷三百五十一《侯蒙传》）

宋江起河朔，转略十郡，官军莫敢婴其锋。声言将至，叔夜使间者觇所向，贼径趋海濒，劫巨舟十余，载掳获。于是募死士得千人，设伏近城，而出轻兵距海，诱之战。先匿壮卒海旁，伺兵合，举火焚其舟。贼闻之，皆无斗志，伏兵乘之，擒其副贼，江乃降。（卷三百五十三《张叔夜传》）

（2）小说创作与史料记载的差异

据上述史料可知，早期史书对宋江造反一事的记载与今日读者所见之《水浒传》颇有差异。首先，史料中可见姓名者多为宋江一人，至于"三十六人"等只见数字不见名号。其次，史料记载宋江造反流窜多地，未有固定据点，与《水浒传》中众好汉齐聚梁山泊也不相同。再次，史料中记载的宋江事迹十分简略，多写其受降征讨方腊之事，而《水浒传》则将宋江起义、招安与为朝廷征战等事迹详细写尽，虽据版本的不同有繁简之别，但总体上比史料更加详细。

史书与小说关系密切。明代王圻《稗史汇编·引》云："正史具美丑、存劝戒，备矣。间有格于讳忌、隘于听睹，而正史所不能尽者，则山林薮泽之士复搜缀遗文，别成一家言，而目之曰小说，又所以羽翼正史者也，著述家宁能废之？"小说常常承担着"羽翼正史"的补史的功能。

　　史料记载与《水浒传》之间的差异证明，一方面历史中的宋江起义事件为《水浒传》的成书提供了母题，另一方面史料记载对《水浒传》最终的成书影响有限。这就意味着《水浒传》中的主要情节，多不见于史书记载，那么其真实性就必然遭到质疑。

　　为了解决这一疑惑，金圣叹曾就《水浒传》的"史书"属性有过论述。他在第一回回前批中评点道："史者，史也。寓言稗史亦史也。夫古者史以记事，今稗史所记何事？殆记一百八人之事也。记一百八人之事，而亦居然谓之史也何居？从来庶人之议皆史也。"金圣叹直接提出"寓言稗史亦史"，并借孔子"天下有道，则庶人不议"之说，提出"庶人之议皆史"的观点。同时他还从《水浒传》的创作

九纹龙史进

清代张琳绘。史进在梁山一百零八好汉中排第二十三位，上应天微星，因肩臂胸膛刺有九条龙，故称"九纹龙"。

出发，指出《水浒传》"一部书一百单八人，而为头先叙史进，作者盖自许其书，进于史矣。九纹龙之号，亦作者自赞其书也"，点明作者"作史笔法"与"进于史"之本心。

（3）小说创作的自由："削高补低都由我"

史料文献难以为《水浒传》提供足够的文本借鉴，这一"缺陷"却给了后世创作者广阔的创作空间。从小说创作的视角来看，史料对宋江起义的记载，可供使用的素材十分有限，甚至不同史料间还有相互抵牾之处。没有了史料的束缚，《水浒传》的创作空间变得十分广阔，可以更多掺入创作者的个人意图。金圣叹以"因文生事"概括《水浒传》的创作过程，在《读第五才子书法》中提出：

某尝道《水浒》胜似《史记》，人都不肯信，殊不知某却不是乱说。其实《史记》是以文运事，《水浒》是因文生事。以文运事，是先有事生成如此如此，却要算计出一篇文字来，虽是史公高才，也毕竟是吃苦事。因文生事即不然，只是顺着笔性去，削高补低都由我。

与《史记》相比,《水浒传》并非"先有事生成",需要"算计出一篇文字来",而是只需要"顺着笔性",在写作上拥有极大的自由度,"削高补低都由我"。

创作空间的广阔与写作上的自由,让《水浒传》的文本展现出极强的包容性,尤其在对其他史料与历史事件的融合上,《水浒传》可谓海纳百川。首先在人物的塑造上,史料文献仅记载三十六人之数目,不见其名号,而《水浒传》中却有一百零八位好汉,这些人物个性鲜明,小说中还分别为其立传,可称为《水浒传》的重要创作。这一百零八位好汉当然不是全部由《水浒传》原创,许多人物都借鉴于不同时期的历史人物。

例如,在梁山好汉中排名第五的大刀关胜,号称关羽后人,擅使一把青龙偃月刀,原为蒲东巡检并领兵征剿宋江,后被设计引入埋伏归顺梁山,在跟随宋江南征北战并投降朝廷后,得封武节将军、大名府正兵马总管,最终因酒醉失足落马身亡。大刀关胜有着同名的人物原型,他也是宋代人,《金史》中有著录:

宋宣和末……是时,山东盗贼满野,豫欲得江南一郡,宰

相不与，悠悠而去。挞懒攻济南。有关胜者，济南骁将也，屡
出城拒战，豫遂杀关胜出降。（卷七十七《刘豫传》）

　　根据史料可知，历史上的关胜同样骁勇善战，擅用的武器
也是一把大刀，与《水浒传》中的关胜有众多吻合之处。不过
考其生平，历史上的关胜的主要事迹，史书仅录其抗金一事。
关胜在知府刘豫被金人收买的情况下，守卫济南，最终被刘豫

刘兴我本《水浒传》"关胜领兵去攻梁山"

关胜虽然上山很迟，也没有特别大的功劳，但他在梁山好汉中排名
第五，还是五虎将之首，大概因为他是关羽的后代，有祖先的光环
笼罩。

杀害，是个抗击外敌入侵的英雄。

那关胜是否是关羽后裔呢？关胜是关羽后裔的说法，追根溯源可至南宋龚开的《宋江三十六赞》。《宋江三十六赞》是龚开根据南宋宫廷画家李嵩所绘的宋江等三十六人的画像及民间街谈巷语所写的赞，从中可以窥见水浒故事早期的人物设定。其中"大刀关胜"赞曰："大刀关胜，岂云长孙？云长义勇，汝其后昆。"龚开此处的说法实际上也是基于人物姓名与绰号的字面猜测，这证明当时并没有这种说法。余嘉锡先生在《宋江三十六人考实》中也说："其实皆出臆造，无足深论。"但龚开的说法却在水浒故事流传的过程中逐渐被坐实，并成为关胜人物形象的重要元素。

《水浒传》为了增加关胜是关羽后代说法的可信度，从多个方面对关胜的形象进行了塑造。首先从外貌长相来看，《水浒传》中写关胜"堂堂八尺五六身躯，细细三柳髭须，两眉入鬓，凤眼朝天，面如重枣，唇若涂朱"。无论是在高大的身材特征，还是眉目面色的描绘上，都参照了《三国演义》中的关羽形象。诸多学者考证后认为，关胜的形象实际上也参照了宋代的另一位名将魏胜。《宋史·魏胜传》载：

胜善用大刀，能左右射，旗揭曰"山东魏胜"，金人望见即退走。胜为旗十数，书其姓名，密付诸将，遇鏖战即揭之。金兵悉避走。……胜矢尽，救不至，犹依土阜为阵，谓士卒曰："我当死此，得脱者归报天子。"乃令步卒居前，骑为殿，至淮阴东十八里，中矢，坠马死，年四十五。

魏胜同样也善用大刀，是南宋抗击金人的名将，勇猛忠毅。最重要的是魏胜死于中矢坠马，而《水浒传》中关胜死于酒醉落马，二者有一定的相似度。当然，除了外在描写之外，《水浒传》对关胜形象的塑造还通过各种故事情节的设置，体现出关胜与关羽在人物品行上的相似。金圣叹称赞《水浒传》对关胜的描写：

写大刀处处摹出云长变相，可谓儒雅之甚，豁达之甚，忠诚之甚，英灵之甚。一百八人中，别有绝群超伦之格，又不得以读他传之眼读之。（第六十三回总批）

金圣叹认为《水浒传》中的关胜是"上上人物"。综上可见，《水浒传》在正史材料记载的基础之上，融合相似史料与民间故事，对关胜这一好汉完成了人物形象的个性化塑造。

通过解码《水浒传》中的历史，可以看到史料在水浒故事与《水浒传》的形成过程中占据着重要地位。无论是整个水浒故事宋江造反起义的母题原型，还是《水浒传》中一百零八位好汉形象的塑造，我们都能从中看到创作者对于结合史料的重视。但客观上史料记载的匮乏，决定了《水浒传》不能沿袭《三国演义》那种演义史书的写法，无法追逐更多的历史真实。也正因此，没有了史料束缚的《水浒传》好似挣脱了枷锁，在史料与虚构之间有了更为广阔的施展空间，在文学性上反而更胜一筹。

2. 元代水浒戏与明代《水浒传》

《水浒传》的经典地位，使得它不仅仅以小说文本的形式存在，戏剧、电视、电影以及音乐等各种艺术形式中都能看到它的身影。这些现代化的改编依据的自然是我们熟知的《水浒传》文本，先有文本后有戏剧是常见的一种改编方式。不过在《水浒传》成书的过程中，还有一个戏剧影响文本的阶段，那就是元代的"水浒戏"。

元代的"水浒戏"是什么？又是怎样影响到明代《水浒传》的创作呢？要想讲清楚这些问题，需要先简单梳理一下《水浒传》的成书过程。前面已经说到，《水浒传》的故事来源于历史上真实发生的宋江造反一事，但宋、元两代的史书记载较为简略，与今天我们看到的《水浒传》文本有较大差距。那么宋江造反一事是如何从"宋江寇京东"到皇皇巨著《水浒传》的呢？

（1）民间口头传说阶段

此一阶段主要是民间对宋江造反一事的演绎。《宋江三十六赞并序》中提到："宋江事见于街谈巷语，不足采著。虽有高人如李嵩辈传写，士大夫亦不见黜。"可见关于宋江起义的民间传闻在宋代就已广为流布。民间口头传说开始出现主要人物宋江等三十六人的姓名和绰号，并将他们和具体的地点梁山泊结合，还设定了花石纲和生辰纲等主要情节。这里面的人物、地点以及情节，都在今天我们看到的《水浒传》中保存了下来。

宋江起义故事之所以能"见于街谈巷语"，通过民间口口相传的方式保存下来，与宋时民众面临的内忧外患的窘境有必然联系。首先，在外部环境上，金人的频繁入侵与宋军的抵抗无力让百姓的生活苦不堪言，对金人的仇恨使得百姓盼望有人能横空出世击退这些入侵者。其次，在宋王朝内部，朝廷偏安一隅的投降心态与执政官员的腐败，让百姓对当权者彻底失望，恨不得亲自上阵诛杀贪官、奋勇抗金。于是当"淮南盗""山东贼"宋江等三十六人"横行齐魏"，官兵都无可奈何时，原本应对这些绿林大盗避之不及的黎民百姓，却一反常态地在口口相传中将他们塑造成了"呼保义""智多星""玉麒麟"等具有鲜明特征的好汉。这些人个个都是身怀绝技的绿林侠士，他们一方面与普通人有着明显差异，或是长相奇特，或是武功非凡，但另一方面他们又与普通人无异，因为他们也有七情六欲，也遭受着世间不公。这些既陌生

玉麒麟卢俊义

选自明末陈洪绶绘《水浒叶子》。

又熟悉的好汉让百姓产生了共鸣，因此当"官逼民反"成为宋江等人造反的理由时，这群本应被视为大逆不道的盗贼便有了正义化的解释，且深得民心，所以"见于街谈巷语"，并盛行也就成为必然。

另外，宋代民间口口相传的故事不止宋江起义一种，许多故事同时也在流传，因此会出现将其他人的事迹托名宋江的情况。尤其是南宋人民饱受金人入侵困扰，他们一边痛恨朝廷偏安一隅的投降心态，一边又渴望朝廷奋勇抗金，不惜亲自上阵。这些自发投奔朝廷的群众武装力量，自北宋末年至南宋初年皆有出现。如《宋史·岳飞传》中就曾记载"忠义社"投奔岳飞的事情："六年，太行山忠义社梁兴等百余人慕飞义，率众来归。"因此在《水浒传》中，我们能在宋江等人身上看到诸多他人的影子，小说情节也与诸多宋代历史事件有相似之处，这足以体现出民间传说对《水浒传》创作的影响。

（2）民间说唱艺人讲述与记录阶段

在经历民间口头传说阶段后，随着宋江起义故事的影响力逐渐增大，民间说唱艺人开始介入水浒故事的讲述与记录，

《水浒传》迎来了第二个创作阶段。这里的民间说唱艺人主要是从事"说话"演出的艺人。"说话"是兴起于唐宋时期的一种民间艺术形式，与近代的说书类似，其表演形式主要为故事的敷衍说唱。有宋一代，"说话"繁盛，勾栏瓦舍之中的说话艺人为迎合观众的趣味，自然要选择合适的内容予以讲解。

"说话"都说些什么呢？南宋耐得翁《都城纪胜》载"说话有四家"一说，从中可窥宋代说话艺人的演说内容：

说话有四家，一者小说，谓之"银字儿"，如烟粉、灵怪、传奇。说公案，皆是朴刀、杆棒及发迹变泰之事。说铁骑儿，谓士马金鼓之事。说经，谓演说佛书。说参请，谓宾主参禅悟道等事。讲史书，讲说前代书史文传、兴废争战之事。最长小说人，盖小说者能以一朝一代故事，顷刻间提破，合生与起令、随令相似，各占一事。……

南宋罗烨《醉翁谈录》对"说话"的介绍更为详尽：

夫小说者……有灵怪、烟粉、传奇、公案，兼朴刀、杆棒、妖术、神仙。……说《杨元子》《汀州记》《崔智韬》《李达道》《红蜘蛛》《铁瓮儿》《水月仙》《大槐王》《妮子记》《铁车记》《葫芦儿》《人虎传》《太平钱》《巴蕉扇》《八怪国》《无鬼论》，此乃是灵怪之门庭；言《推车鬼》《灰骨匣》《呼猿洞》《闹宣录》《燕子楼》《贺小师》《杨舜俞》《青脚狼》《错还魂》《侧金盏》《刁六十》《斗车兵》《钱塘佳梦》《锦庄春游》《柳参军》《牛渚亭》，此乃为烟粉之总龟；论《莺莺传》《爱爱词》《张康题壁》《钱榆骂海》《鸳鸯灯》《夜游湖》《紫香囊》《徐都尉》《惠娘魄偶》《王魁负心》《桃叶渡》《牡丹记》《花萼楼》《章台柳》《卓文君》《李亚仙》《崔护觅水》《唐辅采莲》，此乃谓之传奇；言《石头孙立》《姜女寻夫》《夏小十》《驴垛儿》《大烧灯》《商氏儿》《三现身》《火枕笼》《八角井》《药巴子》《独行虎》《铁秤槌》《河沙院》《戴嗣宗》《大朝国寺》《圣手二郎》，此乃谓之公案……

与《都城纪胜》中将"小说"视为说话四家之一不同，《醉翁谈录》中几乎将所有的内容归类至"小说"之中，接近今人所言之小说内涵。书中所言小说种种，包罗万象，从灵怪、烟粉、传奇、公案、朴刀、杆棒、妖术、神仙等不同主题的分类来看，宋代"说话"艺术发展之成熟可见一斑。

在民间广受欢迎的水浒故事，自然也是"说话"艺人的素材来源之一。如《醉翁谈录》中公案类的《石头孙立》《戴嗣宗》、朴刀类的《青面兽》、杆棒类的《花和尚》《武行者》等。"说话"艺人在处理这些素材时需要首先完成演说的底本，这些底本便是后来通俗小说的早期形态，也就是我们常说的"话本"。话本是"说话人"说唱所依据的底本，原本只是"说话"的书面记录，并不是让人看的书面著述，因此在行文上多为口语体，后来才逐渐被改编成可供阅读的话本小说。

在众多话本中必须要提的是《大宋宣和遗事》。此书为宋末元初讲史话本，主要讲述宋徽宗宣和年间事，其中就有部分内容涉及水浒故事。余嘉锡先生认为："本讲史之体，意在演说南北宋兴亡，不为宋江而作，故取小说家梁山泊话本，删除繁文，存其大略耳。"指出《大宋宣和遗事》并非专写水浒一事，且其内容较为概括。书中所涉及的水浒故事主要是杨志押解花石纲、卖刀，晁盖劫生辰纲，宋江怒杀阎婆惜、受招安征方腊等，其中重点描写的只有三节——杨志卖刀、晁盖劫生辰纲、宋江怒杀阎婆惜，至于林冲、鲁智深等人则没有过多描写。不过总体来看，《大宋宣和遗事》对后来《水浒传》的成书影响较大，因而鲁迅称其为"《水浒》之先声"，郑振铎亦视其为"最初的《水浒传》雏形"。

（3）水浒戏：走上舞台的元杂剧

到了元代，水浒故事从"说话"的讲台开始走向戏剧的舞台，元杂剧成为水浒故事的重要载体，这些演绎水浒故事的戏剧作品常被称为"水浒戏"。据现存资料来看，元代或明初水浒戏剧目可查者共 39 种，保留下来的共 12 种，分别是高文秀《黑旋风双献功》、李文蔚《同乐院燕青博鱼》、康进之《梁山泊李逵负荆》、李致远《大妇小妻还牢末》、无名氏《争报恩三虎下山》《鲁智深喜赏黄花峪》《梁山五虎大劫牢》《梁山七虎闹铜台》《王矮虎大闹东平府》《宋公明排九宫八卦阵》、朱有燉《黑旋风仗义疏财》《豹子和尚自还俗》。其他佚失作品虽难窥其原文，但从剧名也可知与水浒有关，如《黑旋风大闹牡丹园》《黑旋风乔断案》《窄袖儿武松》等。

水浒戏在元代的大量创作，与水浒故事在民间的流传以及说唱艺术的演绎密不可分。吴梅在《中国戏曲概论》中就提出："是以词家所谱事实，宜合于情理之中，最妙以前人说部中可感可泣、有关风化之事，揆情度理，而饰之以文藻，则感动人心，改易社会，其功可券也。"吴氏之说一方面肯定了"说部"对于戏曲之贡献，另一方面也指出了戏曲对于社会情绪的反映以及教化功能。元代社会与宋代面临着同样的民族矛盾，周密在《宋江三十六赞》跋中指出："此皆群盗之靡耳，圣与既各为之赞，又从而序论之，何哉？太史公序游侠而进奸雄，不免异世之讥。然其首著胜、广于列传，且为项籍作本纪，其意亦深矣。识者当自能辨之云。"就希望草莽英雄推翻异族统治而言，元代百姓与水浒戏的作者不谋而合，因此胡适直截了当地指出"这便是元朝水浒故事所以非常发达的原因"。

（4）《水浒传》与水浒戏的关系

从现存的元代水浒戏对水浒故事的演绎，以及人物形象的刻画来看，水浒戏与我们今天读到的《水浒传》关系较为复杂。

首先，水浒戏中的部分故事情节与人物形象明显取材自宋代民间水浒故事与话本小说，并影响了后来《水浒传》的成书。例如，现存的几部水浒戏中关于宋江等人物生平经历的设定，多直接取自宋代民间传说及话本记载，因此在戏中的唱词基本相同。

如《黑旋风双献功》中第一折宋江白：

幼小为司吏，结识英雄辈。某，姓宋名江字公明，绰名顺天呼保义。幼年曾为郓州郓城县把笔司吏，因带酒杀了阎婆惜，脚踢翻蜡烛台，沿烧了官房，致伤了人命，被官军捕盗，捉拿的某紧，我自首到官，脊杖六十，迭配江州牢城去。……

《同乐院燕青博鱼》楔子宋江白：

幼小郓城为司吏，因杀娼人遭迭配。姓宋名江字公明，绰号顺天呼保义。某，姓宋名江字公明，绰号顺天呼保义。曾为郓州郓城县把笔司吏，因带酒杀了阎婆惜，脚踢翻蜡烛台，延烧了官房，官军捉拿某到官，脊杖了六十，迭配江州牢城营。……

《梁山泊李逵负荆》第一折宋江白：

杏黄旗上七个字：替天行道宋公明。某，姓宋名江字公明，绰号顺天呼保义。某曾为郓州郓城县把笔司吏，因带酒杀了阎婆惜，迭配江州牢城营。……

除以上三部作品外，《争报恩三虎下山》楔子、《鲁智深喜赏黄花峪》第一折等都有宋江自白身世的文字，所述内容均有宋江怒杀阎婆惜、落草梁山。这些人物形象、故事情节等与《大宋宣和遗事》中对宋江的记载颇为相似，且不同水浒戏之间描述的方式也大同小异，可知水浒戏对前代水浒故事之承袭，许多学者也借此推断水浒戏的故事设定当有前代之底本可据参考。

水浒戏中还有一些内容在宋代话本中并无记载。如《梁山泊李逵负荆》中宋江提到"哥哥（晁盖）三打祝家庄身亡，众

兄弟推某为头领"，与《大宋宣和遗事》中记载晁盖早在宋江
上山前就已经死亡有明显差异，却与今天我们看到的《水浒
传》相同，也可见水浒戏对于《水浒传》成书之影响。

其次，水浒戏确立了"梁山泊"与"一百零八将"的故事
背景。前文提到，宋江起义事件的早期史籍资料记载中，宋江
等人活动的范围并非《水浒传》中所写的水泊梁山。例如《宋
史·张叔夜传》记载宋江起义的范围是"起河朔，转略十郡"，
《宋史·侯蒙传》又说宋江"以三十六人，横行齐魏"。《宋
史·徽宗纪》称宋江为"淮南盗"。可见在早期的记载中，宋
江等人并没有固定据点。《大宋宣和遗事》中曾提出太行山一
说："且说那晁盖八个，劫了蔡太师生日礼物，不是寻常小可
公事，不免邀约杨志等十二人，共有二十个，结为兄弟，前往
太行山梁山泊去落草为寇。"实际上《宋江三十六赞》中也曾
多次提到"太行"，如卢俊义赞："风尘太行，皮毛终坏。"燕
青赞："太行春色，有一丈青。"张横赞："太行好汉，三十有
六。"戴宗赞："汝行何之，敢离太行。"穆横赞："出没太行，
茫无畔岸。"但太行山与梁山泊在地理上实在相距甚远，其位
于河北、山西二省交界处，与史书中所提到的"齐魏"和"淮

梁山泊

［美］赛珍珠《水浒传》译本插图 "梁山泊"

LIANG SHAN P'O, THE ROBBERS' LAIR

南"等地显然不同。

到了元代水浒戏中，水浒好汉聚义的地点被明确为梁山泊。例如《争报恩三虎下山》中提到的"占下了八百里梁山泊，搭造起百十座水兵营"，《黑旋风双献功》中则更为详尽："寨名水浒，泊号梁山。纵横河港一千条，四下方圆八百里。东连大海，西接济阳，南通巨野、金乡，北靠青、齐、兖、郓。有七十二道深河港，屯数百只战舰艨艟；三十六座宴楼台，聚百万军粮马草。"今本《水浒传》沿用了元代水浒戏的说法。

除起义地点外，《水浒传》一百零八位好汉的起义人数也源自元代水浒戏。无论是《宋史·侯蒙传》《宋江三十六赞》，还是《大宋宣和遗事》，对于宋江起义人数的描述都是三十六人。到了元代水浒戏中，水浒好汉人数被确定为一百零八人。如《黑旋风双献功》中提到："某聚三十六大伙，七十二小伙，半坎来小喽啰，威镇梁山……声传宇宙，五千铁骑敢争先；名达天庭，聚三十六员英雄将。"《同乐院燕青博鱼》《梁山泊李逵负荆》等也都明确了"三十六大伙，七十二小伙"的人数规模。这种设定后来被《水浒传》所沿用，并将"三十六大伙，七十二小伙"托名以三十六天罡和七十二地煞，赋予了人物形象更多内涵。

最后，水浒戏又有独特之处，使其能独立于《水浒传》之外，彰显出自身的鲜明特色。水浒戏与《水浒传》关系密切，但并不意味着《水浒传》的成书就是按照时代先后直接改编自水浒戏，这种过程并非线性发展。因此在宋代民间水浒故事框架之外，水浒戏对水浒故事多有外延。其中最明显的便是水浒戏对李逵的偏爱，远远超出了李逵在元代以前水浒故事中不起眼的地位。以《大宋宣和遗事》为例，李逵在书中所占分量并不多，但在水浒戏中却成为绝对主角。现存水浒戏剧目中，共有十种以李逵为故事主角，李逵堪称水浒戏中的"顶流"。这十种剧目除康进之《梁山泊李逵负荆》外，其余诸本所言李逵事均不见于今传本《水浒传》，可谓空前绝后，亦是水浒戏的一大创新。

（5）水浒戏为何偏爱李逵

为什么水浒戏独独对李逵偏爱有加？从人物形象来看，水浒戏中的李逵在保留了"黑旋风"鲁莽英勇的作派之余，更添

（清）张琳绘李逵

了几分机智与喜感，使得李逵不再只是给人以残暴之感，而是兼有市井之气。例如高文秀《黑旋风双献功》中的李逵，受宋江指派护送孔目（职掌文书事务的官吏）孙荣至泰安神州烧香，但孙孔目之妻郭念儿与白衙内有奸，二人相约淫奔。丢了妻子的孙孔目去衙门告状，不料反被白衙内诬陷入狱。这时李逵先后假扮庄家呆厮与祗候（官府衙役，或势家仆从头目），救出了孙孔目，并杀掉奸夫淫妇，将两颗人头带给宋江双献功。这出戏中的李逵与《水浒传》中的相比，在勇猛之余更显机智。在戏的开头李逵自荐护送孙荣，宋江为行事方便特地将李逵易名为王重义，点出其重义气的行事风格。在孙荣被抓后，假设《水浒传》中的李逵面对此情此景，必定会像江州劫法场一样横冲直撞闯入大狱。但《黑旋风双献功》中的李逵第一时间想到的是一定要"事要前思，免劳后悔"，不能鲁莽行事。而且为了接近孙孔目与白衙内，他先后装扮成庄家呆厮与送酒祗候，即使已经成功接近目标，也要在饭中下个砒霜巴豆，偏以智取而不用强攻。

除《黑旋风双献功》外，水浒戏中的李逵还会"乔教学""借尸还魂""斗鸡会""诗酒丽春园""乔断案"等，都是在原有形象之外凸显李逵的机智与喜感。这种对李逵形象的再塑造，实际上为我们描绘出元代社会对于理想英雄的期望，即在有勇的基础上还要有谋，在维护正义的同时还要有"烟火气"。

水浒戏对李逵等人物的再塑造固然让人物形象更加丰满，满足了观众的心理需求，但也同样导致了人物的同质化问题。例如同样是以鲁莽好战闻名的鲁智深，在水浒戏中也开始有了"喜赏黄花峪"的闲情雅致，甚至在《豹子和尚自还俗》中还"难舍凤鸾俦"。水浒戏的这种设定无疑是为了迎合观众喜好，毕竟快意恩仇、有勇有谋的好汉最能消去观众胸中块垒，而有勇无谋、残暴嗜血的莽夫恐怕难得观众欢心。但是当所有的好汉都兼具勇气与智慧时，同质化的问题必然出现。这种同质化不仅体现在水浒戏的人物塑造，其叙事模式也存在这样的问题。郑振铎就指出："各剧里所用的情节，往往雷同，《双献功》《还牢末》《争报恩》以及《燕青博鱼》所写的四剧，其事实几乎是完全相同的；全都是正人被害，英雄报恩，而以奸夫淫妇授首为结束。此可见剧作家想象力的缺乏，更可见他们是跟了当时的民间嗜好而走去的。民间喜看李逵戏，作者便多写李逵，民间喜看杀奸报仇的戏，作者便多写《双献功》一类的戏。至于其他很可取为剧材的'水浒故事'，他们却不大肯过问。"（《〈水浒传〉的演化》）

因此，李逵也好，鲁智深也好，燕青也好，水浒戏中的梁山好汉实际上成了百姓对现实社会不满的寄托，成了一种符号。且就元杂剧本身而言，在短短的四折一楔子中，戏剧家也不需要像小说家一样考虑将每个人物描绘得人各一面。因为每一出戏都是一个独立的作品，即使同为水浒戏，作品之间也都处在平行时空内，不需要过多考虑彼此间的联系，只需要将这一出戏中的主要人物写好即可。

总之，水浒戏与《水浒传》之间紧密复杂的关系，让我们在研究明清小说时，不能忽略元代戏剧的重要作用。实际上不只是水浒戏，其他的"三国戏""西游戏"等，对《三国演义》与《西游记》的成书同样有着深远影响。

3.《水浒传》故事的一波三折

（1）《水浒传》究竟讲了一个什么故事

《水浒传》的故事经过历朝历代的演变，最终成书于明代，并于今日作为"四大名著"之一家喻户晓，几乎每个中国人都能讲出一两个水浒故事与人物。"智取生辰纲""武松打虎"与"林冲雪夜上梁山"等经典桥段，甚至作为课文入选了义务教育阶段的教材。不过难以否认的是，这种片段式的"先入为主"，实际上很难做到窥一斑而见全豹，反而容易陷入"断章取义"的泥淖。因此在提倡整本书阅读的时代，细读《水浒传》全文了解主要内容，是我们讨论《水浒传》的基本前提。

《水浒传》故事的原型是宋江起义事件。由于史籍记载简略，作者在"宋江造反—被擒"的基本框架之上，对故事情节与人物形象进行了诸多艺术加工，形成了我们今天所熟知的《水浒传》。整本书的基本故事情节可简要概括为：以宋江为首的一百零八位好汉因为各种原因被逼上梁山，他们先是反抗官兵围剿，然后接受朝廷招安，奉命征辽、征方腊（一百二十回本包括征田虎与王庆的内容），直至最后失败。需要注意的是，不同版本的《水浒传》在内容上有所差异，本节不再展开讨论，将在后文予以详细辨析。

《水浒传》的内容可根据故事情节的发展分为三个部分：第一部分是从第一回至第七十一回，主要写好汉们被逼上梁山的经过，讲述水泊梁山发展壮大的过程，重点突出"义"；第二部分是从第七十二回至第八十二回，主要写梁山好汉从与朝廷作战到接受招安的过程，此时水泊梁山势力达到顶峰，集中表现"忠"；第三部分是从第八十三回至全书结束，主要写梁山好汉接受朝廷招安后为国尽忠，直至失败，是水泊梁山的悲剧结局，暴露出"忠"与"义"之间的矛盾。可以说《水浒传》将宋江等人的命运与水泊梁山的兴衰结合，以"忠义"二字统摄全书，在一个个人物传奇故事的构造中，体现出《水浒传》的深刻内涵。

《水浒传》写了很多个性鲜明的英雄人物，对这些人物的传奇化塑造是其主要内容。在对小说人物命运的描绘中，《水浒传》以人物为线索带动了故事情节的发展，并以近乎分别立传的方式，成功塑造了宋江、林冲、鲁智深、李逵等典型的人物形象，成为《水浒传》的一大成就。正是因为这些人物的存在，《水浒传》的故事才丰满有趣，并广为流传。

（2）忠义宋江：《水浒传》如何塑造核心人物

在这里我们仅以主要人物宋江为例，讲一下《水浒传》的人物塑造。宋江是《水浒传》的核心人物，一百零八位梁山好汉的首领，统摄全军。宋江原为郓城县的押司，书中出场时说他：

那人姓宋名江，表字公明，排行第三，祖居郓城县，宋家村人氏。为他面黑身矮，人都唤他做黑宋江，又且驰名大孝，为人仗义疏财，人皆称他做"孝义黑三郎"。上有父亲在堂，母亲早丧，下有一个兄弟，唤做"铁扇子"宋清，自和他父亲宋太公在村中务农，守些田园过活。这宋江自在郓城县做押司。他刀笔精通，吏道纯熟；更兼爱习枪棒，学得武艺多般。平生只好结识江湖上好汉，但有人来投奔他的，若高若低，无有不纳，便留在庄上馆谷，终日追陪，并无厌倦。若要起身，尽力资助，端的是挥金似土。人问他求钱物，亦不推托，且好做方便，每每排难解纷，只是周全人性命。时常散施棺材药

呼保义宋江

选自明末陈洪绶绘《水浒叶子》。宋江在梁山一百零八好汉中排名第一，上应天魁星。他仗义疏财，扶危济困，还没上梁山，在江湖上就很有名气。

神行太保戴宗

选自明末陈洪绶绘《水浒叶子》。戴宗在梁山一百零八好汉中排第二十位，上应天速星。他原是江州两院押牢节级（地方狱吏），因能日行八百里，故称"神行太保"。

宋江 戴宗

宋江、戴宗

选自明朝杜堇绘《水浒全图》。宋江刺配到江州，故意没给节级戴宗送常例人情。戴宗大怒，正要奔来打宋江，不料被宋江说出他与梁山泊的吴用有联系，便"慌忙丢了手中讯棍"。戏剧性的一幕惹读者捧腹。

饵，济人贫苦，赒人之急，扶人之困，以此山东、河北闻名，都称他做"及时雨"，却把他比做天上下的及时雨一般，能救万物。（第十七回）

此段文字将宋江的身世和盘托出，金圣叹评曰："一百八人中，独于宋江用此大书者，盖一百七人皆依列传例，于宋江特依世家例，亦所以成一书之纲纪也。"将之比作《史记》世家之体，也能看出宋江的地位。

从宋江的出场来看，"孝"与"义"是其身上最为凸显的特质，"孝义黑三郎"的称号可为之证。"孝"与"义"二者，又以"义"着墨最多。书中说他对于来投奔自己的人，无论贵贱都"无有不纳"，并且"尽力资助"。除此之外，平日里还能做到"散施棺材药饵，济人贫苦"，不吝惜钱财帮助他人，因此又得"及时雨"称号。可以说，宋江一出场即为读者亮出了"孝""义"两张名片，也为下文写宋江与梁山好汉的诸多瓜葛预设了伏笔。

宋江出场后做的第一件事就彰显了他的大义，那就是私放了"生辰纲"事发后的晁盖。宋江与晁盖同为郓城县人，他从济州府缉捕使臣何涛处听说晁盖事发后，便设计脱身报信与晁盖，让晁盖提前得信逃脱官府抓捕。作为官吏的宋江在得知"心腹弟兄"犯了"迷天大罪"后，并没有贪图功劳出卖晁盖，而是第一时间通风报信，足以证明其义薄云天。不过宋江的"义"是牺牲了对朝廷的"忠"换来的，私放晁盖也成为宋江人生的一个重要转折。

（清）张琳绘宋江

逃走后的晁盖在与王伦火并后成为梁山寨主，随后送信与宋江，但二人间的书信很快让宋江陷入困境。夫人阎婆惜发现了宋江存放信件的招文袋，并借此要挟宋江，宋江迫不得已怒杀阎婆惜。之后，宋江并没有选择上梁山，即使此时是个很好的时机，营救晁盖足以让他在梁山居于高位，受人尊敬。在宋江看来，此时上梁山就意味着造反，所以宋江先后到了柴进庄上与清风山等地，并结识了武松、花荣、戴宗、李逵等诸多好汉。在此期间，宋江几经磨难，几次有性命之忧。先是被清风寨知寨刘高之妻陷害入狱，后又被父亲以假死骗回家，遇上官府发配江州，在江州还因酒后题反诗被判处死刑，最终在法场获救。几经波折的宋江无可奈何，终于决定奔赴梁山。

宋江奔赴梁山的一波三折，源于他对于"忠"的坚守。宋江陷于困境的缘由在于私放晁盖的舍"忠"取"义"，同时"孝"也影响了其选择。当宋父不惜让宋江被捕仍要再三叮嘱他不要"一时被人撺掇落草去了，做个不忠不孝的人"（第三十四回），"倘或他们下山来劫夺你入伙，切不可依随他，教人骂做不忠不孝。此一节，牢记于心"时，避免一错再错自然是宋江的首要选择。所以当路过梁山遇到来救自己的刘唐时，宋江义正词严地告诉刘唐："这个不是你们弟兄抬举宋江，倒要陷我于不忠不孝之地。"当晁盖劝宋江留在梁山时，宋江决绝地说："小可不争随顺了，便是上逆天理，下违父教，做了不忠不孝的人在世，虽生何益？如不肯放宋江下山，情愿只就众位手里乞死。"可以看到，宋江对于"忠"的坚守不只是一个小吏的操守，而是与"天理""父教"紧密相

连，所以宁愿以死相逼，也不愿意做"不忠不孝的人"。（第
三十五回）

但残酷的现实让宋江的信念开始动摇。在浔阳楼他自叹：
"虽留得一个虚名，目今三旬之上，名又不成，利又不就，倒
被文了双颊，配来在这里，我家乡中老父和兄弟如何得相见！"
随后写下四句反诗："心在山东身在吴，飘蓬江海谩嗟吁。他
时若遂凌云志，敢笑黄巢不丈夫！"可见宋江不甘于如今的
困厄窘境，心里也早有"凌云志"，与黄巢作比更是体现出其
造反的野心。被从法场劫出来后，"义"就在宋江心中战胜
了"忠"，于是他开始复仇，智取无为军，活捉黄文炳，并跪
在地上自请上山。在成功取得了诸多好汉的信任后，宋江对晁
盖说："今日同哥哥上山去，这回只得死心塌地与哥哥同死同
生。"算是他进入梁山的宣言。

宋江上梁山是否意味着他彻底抛弃"忠"呢？答案明显是
否定的。《水浒传》在宋江上梁山后很快就安排了九天玄女授
天书一节，在古庙中九天玄女对宋江说道："宋星主，传汝三卷
天书，汝可替天行道，为主全忠仗义，为臣辅国安民，去邪归
正……"九天玄女的话无疑给宋江指明了方向，为宋江等人梁

山聚伙作了正义化的解释。得到天神启示的宋江便以此为信念，在坐稳头把交椅后，他便把"聚义厅"改为"忠义堂"，并在门前竖起了"替天行道"的大旗。早年浔阳江头"敢笑黄巢不丈夫"的"凌云志"也改为"望天王降诏，早招安"。

容与堂本《水浒传》"宋公明遇九天玄女"

九天玄女的授意，暗示了梁山好汉受招安的命运走向。

可以说，《水浒传》对宋江形象的刻画主要围绕"忠""义""孝"三个特质。"忠"是宋江入主梁山后的理想与目标，他曾以此拉拢到了关胜等人，却也遭到武松等人的反对，最终梁山好汉大聚义时还是共同对天盟誓："共存忠义于心，同著功勋于国，替天行道，保境安民。""义"是宋江行事的法则与拉拢他人的手段，是好汉们梁山聚义的根由所在，许多人愿意跟随宋江正是因为他的"义"。"孝"在宋江心目中的地位要大于"义"，当"义"与"孝"不可兼得时，宋江选择的都是"孝"。

总体来看，宋江身上的"忠"与"义"是《水浒传》主题的集中体现。"忠义"二字既是水浒好汉们聚义梁山的原因，也是落得悲剧结局的根由。许多人将梁山好汉的悲剧结局怪罪于宋江的招安政策。在宋江可谓不厌其烦的"洗脑"攻势下，武松直言不讳："今日也要招安，明日也要招安去，冷了弟兄们的心！"李逵干脆大叫："招安，招安！招甚鸟安！"但在宋江看来，接受朝廷招安仍是梁山好汉最好的出路，因此在梁山英雄大聚义时，他所郑重声明的心愿是："一则祈保众弟兄身心安乐；二则惟愿朝廷早降恩光，赦免逆天大罪，众当竭力捐躯，尽忠报国，死而后已……"概括下来就是"忠""义"二字，只不过"义"在"忠"的前面。

虽然宋江最终说服绝大多数梁山好汉接受了朝廷的招安，并得到了建立功业、封妻荫子的机会，但宋江等人"同生同死"的义气与"竭力捐躯"的忠诚，却换来了悲惨的结局。他们以惨烈的牺牲为朝廷铲除了方腊等反叛之徒，幸存的好汉们享受了短暂的荣光，却备受猜疑和迫害。为首的宋江饮下朝廷送来的毒酒后，第一时间担心的是李逵造反，于是骗李逵同样饮下毒酒，最终阴魂相聚蓼儿洼。宋江在临死前对李逵说："我为人一世，只主张忠义二字，不肯半点欺心。今日朝廷赐死无辜，宁可朝廷负我，我忠心不负朝廷。"仍然心向朝廷。不知他能否想起鲁达曾对他说过的那番话："只今满朝文武，多是奸邪，蒙蔽圣聪，就比俺的直裰染做皂了，洗杀怎得干净？招安不济事，便拜辞了，明日一个个各去寻趁罢！"是否会有所悔悟？

《水浒传》为什么又叫《忠义水浒传》

不同版本的《水浒传》题名不尽相同，虽然今天都统一称之为《水浒传》，但这种后人拟定的"简称"并不是《水浒传》的唯一题目。《水浒传》相关书名有《忠义传》《忠义水浒传》《水浒忠义志传》《第五才子书》《梁山传》《宋元春秋》《水浒志传》《水浒记》等多种。除"水浒"外，"忠义"一词在书名中出现的频率也很高，因此也有人称《水浒传》为《忠义水浒传》。

为什么要在题名当中强调"忠义"二字呢？一方面是因为《忠义水浒传》是重要版本之一，另一方面是因为此题名更能体现《水浒传》的主旨思想。繁本系统中的"容与堂本"和"袁无涯本"《忠义水浒传》是《水浒传》的重要版本，两个版本都署名李卓吾，也就是经过明代文学家、思想家李贽的评点，具有较高的学术价值，是主要的通行本。尽管两个版本是否为李贽所作仍有争议，但据李贽《焚书》中确有收录《忠义水浒传序》一篇，可以明确李贽本人评点的题名就是《忠义水浒传》。《忠义水浒传》一名直接揭示了此书主旨，即赞扬水浒好汉们的忠义精神，因此题目中的"忠义"二字十分重要。

1. 为什么称《水浒传》为"天下之至文"

在所有批评《水浒传》的文学家之中，李贽毫无疑问是最值得我们关注的人。李贽，本名林载贽，字宏甫，号卓吾，别号温陵居士等，福建泉州人。曾为共城教谕、国子监博士、云南姚安知府，后弃官在麻城讲学，晚年被诬下狱，后自刎于狱中。李贽受阳明心学"泰州学派"的影响，自称"异端"，坚决抨击在明代被视为官方意识形态的程朱理学，并在文学上宣扬"童心说"，主张创作要"绝假纯真"，秉持"真心"，反对一味"摹古"之风，著有《焚书》《续焚书》《藏书》《续藏书》等。

李贽喜欢评点小说，其中《水浒传》尤为受到他的偏爱。李贽认为：

天下之至文，未有不出于童心焉者也……诗何必古选，文何必先秦？降而为六朝，变而为近体；又变而为传奇，变而为院本，为杂剧，为《西厢曲》，为《水浒传》，为今之举子业，皆古今至文，不可得而时势先后论也。（《焚书·童心说》）

在李贽看来，文学作品的好坏与是否是"古人"所作没有关联，关键在于作品是否具有"童心"。这种观点的提出主要针对的是明代的摹古风气。有明一代复古之风盛行，出现了以"前七子""后七子""唐宋派"等为代表的复古流派，文人争相模仿古人习作，难免陷入盗袭窠臼。李贽在《童心说》中指责这种崇古的风气让读书人"多读书识义理障其童心"，写出来的拟古之作"所言者皆闻见道理之言，非童心自出之言也，言虽工，于我何与？"只是在模拟作品的格调法度，却没有赋予作者的"真心"，难成佳作。所以，李贽提出并非只有古人的作品才是最好的，今人的作品只要是作者真心所作，也是"天下之至文"，《水浒传》便是其中的代表。

（1）《水浒传》富有童心

《水浒传》体现了怎样的"童心"，以至让李贽称之为"天下之至文"呢？李贽在《忠义水浒传序》中提到："太史公曰：
'《说难》《孤愤》，贤圣发愤之所作也。'由此观之，古之圣贤，
不愤则不作矣。不愤而作，譬如不寒而颤，不病而呻吟也，虽
作何观乎！《水浒传》者，发愤之所作也。"在李贽看来，《水
浒传》是作者的"发愤之作"，那么又是什么原因激发了作者
内心的愤懑不平呢？李贽认为作者施耐庵与罗贯中愤怒于宋室
的屈辱亡国，便将自己的愤怒倾泻于《水浒传》之中：

　　盖自宋室不竞，冠屦倒施，大贤处下，不肖处上。驯致夷
狄处上，中原处下，一时君相，犹然处堂燕鹊，纳币称臣，甘
心屈膝于犬羊已矣。施、罗二公身在元，心在宋；虽生元日，
实愤宋事。是故愤二帝之北狩，则称大破辽以泄其愤；愤南渡
之苟安，则称灭方腊以泄其愤。敢问泄愤者谁乎？则前日啸聚
水浒之强人也，欲不谓之忠义不可也。是故施、罗二公传《水
浒》，而复以忠义名其传焉。（《忠义水浒传序》）

　　至于宋朝灭亡的原因，李贽认为症结在于当时朝廷的权力
由小人把控，真正有才能的人却得不到重用。朝廷的"冠屦倒
施"继而导致国力衰微，使得大宋只能屈膝于"夷狄"，最终

亡国。施耐庵与罗贯中两人"身在元，心在宋"，以宋江起义一事为托，将自己的愤恨灌注于《水浒》，并以宋江破辽、灭方腊泄"靖康之耻"与宋室南迁之愤。

除李贽在序言中强调的作者发愤著书外，《水浒传》中英雄好汉们表现出来的不加修饰的真情实感也与李贽的"童心说"不谋而合。《水浒传》成功塑造了一系列真性情的好汉形象，例如黑旋风李逵、花和尚鲁智深、行者武松等。这些好汉性格率直，不拘泥于繁文缛节，不掩饰自己的喜恶偏好，处处彰显出真挚的童心。尤其如李逵，以粗鲁莽撞而得名，从不掩饰内心的喜怒哀乐，待人真心，言行举止之间彰显出内心的天真率直。这些好汉的一举一动，正是李贽所倡导的"童心"的外现。作为梁山好汉对立面的那些贪官污吏、地方豪绅，则更像李贽口中"阳为道学，阴为富贵，被服儒雅，行若狗彘""名为山人，而心同商贾，口谈道德，而志在穿窬"的伪君子。所以《水浒传》一书，与李贽讲"童心"、反道学的主张是一致的。

（2）现实的投射：豪杰有"瑕疵"但不乏忠义

李贽对于《水浒传》的赞赏，不仅在于《水浒传》符合

花和尚鲁智深

选自明末陈洪绶绘《水浒叶子》。鲁智深在梁山一百零八好汉中排名第十三，上应天孤星。他原本有身份有地位，却因帮助金氏父女，打死郑屠而被通缉。逃亡的路上，他仍旧锄强诛暴、伸张正义，令人钦佩。

行者武松

选自明末陈洪绶绘《水浒叶子》。武松在梁山一百零八好汉中排名第十四，上应天伤星。血溅鸳鸯楼后，为躲避官兵追捕，他被张青、孙二娘打扮成头陀模样，成了行者（未剃发的弟子，也指行脚僧）。

鲁智深　武松

鲁智深、武松

选自明朝杜堇绘《水浒全图》。鲁智深和武松有许多相似之处，如都力大无穷、强悍有力，都是假和尚、假行者，违背了佛家戒律，打杀天下不平人。

其"童心说"的标准，还因为施耐庵与罗贯中内心里的愤恨引发了他的共鸣。李贽集中评点《水浒传》的时间在万历二十年前后，此时的明朝分别面临宁夏兵变与日本丰臣秀吉侵犯朝鲜的危机，朝野上下，乃至已经辞官的李贽都能感受到国家的困境。同年，李贽撰写了《因记往事》一文，指出朝廷用人存在着很大的问题，"奸诈者"把持朝政，而"有才有胆有识"之人却不能得到重用，导致朝廷在面临危机时无人可用，这与《水浒传》中宋室遭遇的问题一致。因此李贽在《忠义水浒传序》中不断重申"小德役大德，小贤役大贤"才是问题的根源。后来李贽好友怀林在《批评〈水浒传〉述语》中曾说："和尚（指李贽）自入龙湖以来，口不停诵、手不停批者三十年，而《水浒传》《西厢曲》尤其所不释手者也。盖和尚一肚皮不合时宜，而独《水浒传》足以发抒其愤懑，故评之为尤详。"也可佐证李贽之心。

既然在李贽看来宋室与明朝所遇到的都是同样的问题，那么如何才能破解这种困境呢？李贽给出的答案是"招安"。当然李贽的招安与《水浒传》中的招安还是不同的，他并没有建议皇帝去招安宁夏的叛兵或者丰臣秀吉，尽管这种招安也不会成功。在李贽看来，既然朝廷中无人可用，那么不如在江湖上广发英雄帖，招揽民间的才能之士。在《因记往事》中，李贽举了明代著名海盗林道乾的例子。明嘉靖、万历年间，林道乾横行福建、广东之间的海域三十余年，称王称霸，两省官员百姓多遭其荼毒。许多人却自愿投奔"巨盗"林道乾，并且都忠心耿耿，"不肯背离"。在李贽看来，林道乾无疑是有胆有识的豪侠，既然朝廷无人可用，那么不如招安林道乾，让他为朝廷效力。所以，在《因记往事》中李贽提出："设使以林道乾当郡守二千石之任，则虽海上再出一林道乾，亦决不敢肆。"希望朝廷能以重金招安林道乾，这样既解决了朝中无能人的问题，也可以避免将来再出现林道乾式的人物，可谓一举两得。遗憾的是，李贽精心为国家挑选的人才朝廷没能重用，他因此慨叹："唯举世颠倒，故使豪杰抱不平之恨，英雄怀罔措之戚，直驱之使为盗也。"

从林道乾身上我们可以看到宋江的影子，像二人这样有"瑕疵"的豪杰，其实也是李贽自身的投映。林道乾与宋江一样，都盘踞一方占山为王，取代官府成为地方上的实际统治者。最让朝廷恐惧的是，他们以个人的威名，聚集了一大批志同道合之人，组织不断壮大。无论是宋代还是明代，这种聚众造反的匪徒都是朝廷的心腹大患，是朝廷最为痛恨的一批人。虽然二人都表现出想要被招安的意愿，但二人身上的"瑕疵"太过显眼，即使被招安，此前的造反行径也是永远都不会抹去的政治污点，注定不会轻易为朝廷所接受。

对于二人身上的"瑕疵"案底，李贽在《寄答京友》中曾说："夫凡有大才者，其可以小知处必寡，其瑕疵处必多，非真具眼者与之言必不信。当此数者，则虽大才又安所施乎？"认为有大才之人难免都有瑕疵，重用人才自然应当忽略这些瑕疵。在其《初潭集·铨选诸臣》一文中，李贽更是直截了当地喊出"天下未有有才能而无过者"，这也就解释了李贽欣赏林道乾、宋江二人的原因。从更深处看，李贽为"有才能"但"有过"之人的辩护，也可看作对自我"异端"行为的开脱。李贽的一系列言行举止被朝廷视为"敢倡乱道，惑世诬民"，虽然与林道乾、宋江等人的反叛行为相比，罪过较轻，但也足以让李贽进入朝廷的"黑名单"。还是在《初潭集·铨选诸臣》一文中，李贽引用了范仲淹的一句话："人有才能而无过失，朝廷自用之。若其实有可用之才，不幸陷于吏议，不因事起之，遂为废人矣。"李贽此时心里想的恐怕是为什么自己不能遇到"范仲淹"，以及自己一定要做"范仲淹"吧。

站在这样的立场上，李贽对于宋江等人的赞美，不是欣赏他们的盗贼行径，而是希望朝廷接纳这些有"瑕疵"的豪杰，让他们也能够有机会为国效力，实现国家的长治久安。《水浒传》对宋江从被逼起义到接受招安，再到替朝廷出征的描写，契合了李贽的想法，所以他干脆以"忠义"二字冠名《水浒传》，并对宋江等人的行为大加赞赏。《忠义水浒传序》中李贽这样评价宋江：

独宋公明者，身居水浒之中，心在朝廷之上，一意招安，专图报国，卒至于犯大难，成大功，服毒自缢，同死而不辞，则忠义之烈也！真足以服一百单八人者之心，故能结义梁山，为一百单八人之主。最后南征方腊，一百单八人者阵亡已过半矣；又智深坐化于六和，燕青涕泣而辞主，二童就计于"混江"。宋公明非不知也，以为见几明哲，不过小丈夫自完之计，决非忠于君义于友者所忍屑矣。是之谓宋公明也，是以谓之忠义也……

可以看到，李贽认为宋江就是"忠义"二字的化身，对宋江为梁山制定的招安路线以及最后的悲剧结局都给予了正面的评价。同时在"忠义"二字之中，李贽尤为强调"忠"的重要性，正是由于具有"身居水浒之中，心在朝廷之上，一意招安，专图报国"的忠心，宋江才能将梁山好汉团结起来，成为一百单八人之主，使众好汉甘心为他卖命。所以，李贽认为《水浒传》不仅是一本小说，还称得上是与古选、唐诗等同等地位的"天下之至文"，并且足以被当作"忠义"的教科书，是"有国者""贤宰相""兵部""督府"等"不可以不读"的作品。

以上我们能从《忠义水浒传序》中看到李贽对《水浒传》在"忠义"思想方面的肯定，这也是他称《水浒传》为"天下之至文"的直接原因。虽然序言中李贽并未就《水浒传》的文学成就予以揭示，但是从文学技法上看，作为文学作品的《水浒传》也是上乘之作。尤其是"容与堂本"与"袁无涯本"的传播，更加夯实了《水浒传》"天下之至文"的地位。当然，这两个版本是否是李贽本人评点仍有争议，但综合来看，它们即使不是李贽本人评点的，也都是在李贽小说理论观点影响下产生的，同样具有参考意义。

（3）小说拥有独立的文体价值

在《忠义水浒传序》以及《童心说》中，李贽都有意抬高了《水浒传》的地位，并将这部小说与诗文对比，还将施耐庵、罗贯中与司马迁等同视之。小说地位的提高，让《水浒传》得以与其他文体相提并论，这样小说不再只是一种供人娱乐的市井读物，也具有了独立的文体价值，可以拿到台面上让文人相互研讨交流。所以，李贽评点的《水浒传》，成了小说文法评点的开端，是中国小说理论发展的里程碑式作品。

具体来看，署名李贽评点的两个版本的《水浒传》，都将评点的核心凝聚于小说的文法，无论是叙事还是写人，李贽的评点都有关注。其中我们可以看到，对于小说常被人诟病的叙事的虚构，他盛赞道："《水浒传》文字原是假的，只为他描写得真情出，所以便可与天地相终始。""既是趣了，何必实有是事，并实有是人？若一一推究如何如何，岂不令人笑杀？"他肯定了小说文体的虚构性与娱乐性，认为只要故事有趣，描写真情，不必追求故事的真假。对于《水浒传》中塑造的那些鲜明的人物形象，他首先提出了小说写人的"同而不同"说：

> 描画鲁智深，千古若活，真是传神写照妙手。且《水浒
> 传》文字妙绝千古，全在同而不同处有辨。如鲁智深、李逵、
> 武松、阮小七、石秀、呼延灼、刘唐等众人，都是急性的。渠
> 形容刻画来，各有派头，各有光景，各有家数，各有身分，一
> 毫不差，半些不混，读去自有分辨，不必见其姓名，一睹事
> 实，就知某人某人也。读者亦以为然乎？读者即不以为然，李
> 卓老自以为然，不易也。

"同而不同"即将相似的人物角色写出人各一面来，例如评语
中所说的鲁智深、李逵、武松、阮小七等，都是急性子，但
《水浒传》却把他们写得各有特点，让读者能够轻松分辨。《水
浒传》的这一写人手法，多被后来作品所借鉴，例如《红楼
梦》等，都在写人上取得了突出成就。李贽的"同而不同"一
说，也影响了后来的金圣叹、脂砚斋等人的小说评点，且成为
中国古代小说创作理论的重要内容。

可以说，《水浒传》本身即具有较高的文学价值，是一部

优秀的文学作品，这也是它能流传至今并被奉为经典的重要前提。李贽的解读不仅在思想上确定了《水浒传》的"忠义"主题，其对于《水浒传》文法的揭示更是让中国古代小说理论的研究向前迈进了一大步。从上述两个方面看，《水浒传》称得上"天下之至文"。

2. 怎么理解《水浒传》里的"忠义"

李贽对《水浒传》中所体现出来的"忠义"大加赞赏，但是也有人对此表示怀疑，认为《水浒传》毕竟写的是一群山匪聚众造反的故事，是不忠，领袖宋江率领众弟兄接受朝廷的招安，最终落得悲剧下场，是不义，怎么能称得上"忠义"呢？因此，理解和认识《水浒传》里的"忠义"，是读懂这本书的关键。

（1）反贪官不反皇帝的忠义

需要说明的是，《水浒传》的"忠义说"并非肇始于李贽，尽管李贽的评点让读者开始意识到"忠义"的存在。实际上自水浒故事流传之初，"忠义"就是其故事核心。龚开在《宋江三十六赞》自序中说：

> 于是即三十六人，人为一赞，而箴体在焉。盖其本拨矣，将使一归于正，义勇不相戾，此诗人忠厚之心也。余尝以江之所为，虽不得自齿，然其识性超卓有过人者，立号既不僭侈，名称俨然，犹循轨辙，虽托之记载可也。古称柳盗跖为盗贼之圣，以其守一至于极处。能出类而拔萃若江者，其殆庶几乎。虽然，彼跖与江，与之盗名而不辞，躬履盗迹而无讳者也。岂若世之乱臣贼子，畏影而自走，所为近在一身，而其祸未尝不流四海。呜呼，与其逢圣公之徒，孰若跖与江也？

龚开在序言中点出了宋江与乱世贼子之间的区别。首先，宋江虽为反贼，但立号"不僭侈"，他反的不是皇帝而是贪官。其次，龚开将宋江与"盗贼之圣"盗跖相提并论，认为他做盗有义。尽管龚开未直言"忠义"，但宋江一行人完全可以担得起这俩字，难怪钱锺书认为龚开为"后世李贽等对《忠义水浒传》的看法开了先路"（《宋诗选注》）。

到了《大宋宣和遗事》中，"忠义"的主题正式被确定了下来。宋江在九天玄女庙中窥探天书时，上面赫然写着"天书付天罡院三十六员猛将，使'呼保义'宋江为帅，广行忠义，殄灭奸邪"。这里特别强调了宋江等人的所作所为是符合"忠义"原则的，他们的对立面是奸邪，这样宋江等人就摇身一变，成为正义的化身，他们造反叛乱也只是为了消灭奸邪。宋江得天书旨意后返回梁山寻找晁盖，无奈晁盖此时已死，吴用向宋江传达晁盖遗言："他从政和年间朝东岳烧香，得一梦，见寨上会中合得三十六数。若果应数，须是助行忠义，卫护国家。"晁天王在临终之际仍嘱托吴用要"助行忠义，卫护国家"，可见梁山上两位首领的目标是一致的，那便是忠义。

尽管《大宋宣和遗事》借宋江与晁盖之口点出了忠义的主题，但在具体情节设计上仍有不少矛盾之处。如话本一开始就对宋徽宗进行了批判，指责宋徽宗"无日不歌欢作乐"，沉迷饮酒作乐，"天子全无忧问，与臣蔡京、童贯、杨戬、高俅、朱勔、王黼、梁师成、李彦等，取乐追欢，朝纲不理"，宠信奸臣，败坏纲纪。如果说晁盖、宋江等人的造反肇始于蔡京的生辰纲，那么杨志等人因失陷"花石纲"造反则完全是因为宋徽宗个人的荒淫。宋徽宗号称"道君皇帝"，因道教崇尚山

晁盖中箭

选自陈缘督绘《水浒传》连环画之《大名府》。晁盖原是东溪村保正，绰号"托塔天王"。他的中箭身亡，对于梁山来说，是一次大的权力变更，此后宋江便权居主位。

石，宋徽宗便认为身处怪石之中可以帮助自己得道升天，所以派"花石纲"（运送奇花异石以满足皇帝喜好的船队）在全国搜罗怪石，竟然"流毒州郡者二十年"。宋江窥探到天书上的"广行忠义，殄灭奸邪"，"奸邪"之中不只是贪官污吏，宋徽宗应当也在"殄灭"之列。后来晁盖托吴用传达遗言——"卫护国家"，宋江等人又是怎么做的呢？《大宋宣和遗事》说他们"各人统率强人，略州劫县，放火杀人，攻夺淮阳、京西、河北三路二十四州八十余县；劫掠子女玉帛，掳掠甚众"。还是一副强盗做派。

宋江等人的这种做法显然是不"忠义"的，那么为什么《大宋宣和遗事》中会出现这种"言行不一"的设定呢？主要的原因还是在其作者身上。钱锺书在《宋诗选注》中说：

> 在民族矛盾问题上，他们可以有爱国的立场；在阶级矛盾问题上，他们可以反对苛政，怜悯穷民，希望改善他们的生活。不过，假如人民受不了统治者的榨逼，真刀真枪地对抗起来，文人学士们又觉得大势不好，忙站在朝廷和官府一面。

所以，我们在《大宋宣和遗事》中读到的矛盾，其实是话本小说作者所代表的普通文人内心的矛盾。正如钱锺书所言，《大宋宣和遗事》的作者也好，龚开也好，这些文人学士能够亲身体会到底层群众所面临的真切问题，也明白南宋宗室统治下朝廷的症结所在，因而能够在书中将矛头指向"奸邪"。但是身份所限，决定了他们在宋江造反的问题上必须将思想的倾向转为"忠义"，因而宋江一行人的指导思想就变成了反贪官不反皇帝。最终，这种思想倾向让《水浒传》的"忠义"至今仍有争议，但好处是让《水浒传》没有彻底变成一本造反之书，反而让平民百姓和士大夫阶层都很满意，流传至今成为经典。

（2）化解"忠义"主旨与造反题材的矛盾

《水浒传》在成书的过程中，对《大宋宣和遗事》的诸多设定进行了修改，更加强调宋江等人"忠义"的言行举止。例如《忠义水浒传》的书名中即包含有"忠义"二字，或者干脆以《忠义传》命名。从现存资料来看，《京本忠义传》《李卓吾评忠义水浒传》《新刊京本全像插增田虎王庆忠义水浒传》《文杏堂批评忠义水浒全传》等多个版本都在题名中强调了"忠义"二字。"忠义"一词在《水浒传》中也频繁出现，无论是在正文中，还是回前诗中，都能看到"忠义"的影子。尤其是"宋公明神聚蓼儿洼，徽宗帝梦游梁山泊"一回，"忠义"出现了十二次之多。此外，《水浒传》还删除了大量直接抨击宋徽宗的文字，对关键性情节进行了完善。如宋江受天书一节，《水浒传》将《大宋宣和遗事》中宋江翻阅天书和晁盖做梦结合，设计了宋江梦中得天书与九天玄女传谕法旨的情节，要求

莫把行藏怨老天　韓彭當日亦堪憐　一心征賊摧鋒日　百戰擒遼破臘年　煞耀罡星今已矣　逸臣賊相尚依然　早知鴆毒理黃壤　學取鴟夷泛釣船

生當廟食死封侯　男子平生志已酬　鐵馬夜嘶山月暗　玄猿秋嘯慕雲稠　不須出處求真跡　邵喜忠良作話頭　千古蓼洼埋玉地　落花啼鳥總關愁

李卓吾曰施羅二公真是妙手臨了以夢結局極有深意見得從前種種都是說夢不然天下那有強盜生封侯而死廟食之理只是借此以發洩不平耳讀者認真便是痴人說夢

卷之一百終

容与堂本《水浒传》第一百回卷尾

李贽（号卓吾）最后评道："施、罗二公真是妙手，临了以梦结局，极有深意。见得从前种种都是说梦，不然，天下那有强盗生封侯而死庙食之理？只是借此以发泄不平耳。读者认真，便是痴人说梦。"由此可见他认为《水浒传》不过是作者的泄愤之作。

宋江"替天行道，为主全忠仗义，为臣辅国安民"，并且"去邪归正"，去掉心中邪念，回归正道。这些改动可以说都加强了《水浒传》的"忠义"思想。

《水浒传》对"忠义"的凸显，主要与其绿林好汉的题材有关。在古代社会，《水浒传》的题材是敏感且危险的。试想一本俗文学作品，内容是写一群绿林好汉如何违反朝廷禁令，如何逃避惩罚，如何与朝廷对抗，对于统治者而言极有可能成为鼓动百姓造反的"教科书"，因而袁中道也坦言"《水浒》崇之则诲盗"。对于今天的读者而言，这种观点自然也不陌生，因为我们今天仍然能看到许多人在探讨《水浒传》的暴力与反抗书写是否应该教授给学生。对此，汪道昆（天都外臣）在其为《水浒传》撰写的序言中说道：

> 或曰：子叙此书，近于诲盗矣。余曰：息庵居士叙《艳异编》，岂为诲淫乎？《庄子·盗跖》，愤俗之情；仲尼删《诗》，偏存《郑》《卫》。有世思者，固以正训，亦以权教。

在汪道昆看来，《水浒传》本身并非在宣扬那些暴力、造反等有争议的内容，而是如同孔子删《诗》却留下了"郑卫之声"一样，用以警示后人。因此，《水浒传》并非是在教唆造反、宣扬暴力，而是在宣扬忠义的同时，树立一些反面案例，同样是可以说得通的。

（3）金圣叹对《水浒传》"忠义"的批判

《水浒传》的"忠义说"提出之后遇到的最大挑战，就是金圣叹的批判。在为《水浒传》所写的序言《第五才子书施耐庵水浒传·序二》中，金圣叹就李卓吾等人以"忠义"冠名《水浒传》进行了重点批判，认为其"名实"不副。金圣叹给出的原因有二：一是"水浒"之名即不可称为忠义。"王土之滨则有水，又在水外则曰浒，远之也。远之也者，天下之凶物，天下之所共击也；天下之恶物，天下之所共弃也。若使忠义而在《水浒》，忠义为天下之凶物恶物乎哉？"宋江等人盘踞梁山之上，本就是远离王土的"凶物""恶物"，怎么能称得上"忠义"呢？二是宋江一行人的言行举止也都称不上忠义。"其幼皆豺狼虎豹之姿也，其壮皆杀人夺货之行也，其后皆敲朴劓刖之余也，其卒皆揭竿斩木之贼也。"倘若称这些人为忠义，那么会导致"无恶不归朝廷，无美不归绿林。已为盗者，读之而自豪；未为盗者，读之而为盗也"。相当于变相鼓励百姓犯罪。所以金圣叹由衷发出慨叹："又妄以忠义予之，是则将为戒者而反将为劝耶！"

金圣叹否定《水浒传》的"忠义"之名，并不意味着《水浒传》就是一部"诲盗"之作，恰恰相反，金圣叹极力否定"诲盗"一说，并提出《水浒传》旨在"暴露"。在金圣叹看来，《水浒传》对于宋江等人造反的书写，应当是"诛前人既死之心者，所以防后人未然之心也"。即让前人明白成为"盗"的后果，继而断绝为"盗"的心思。因而从教化意义上看，金圣叹对《水浒传》也是充分肯定的，只不过与其他人的切入点不同，他更关注的是作品本身的艺术创作价值。

其实"忠义"的内涵本身十分复杂，它以儒家的伦理道德为基础，但也融合着包括城市居民和江湖游民在内的广大百姓的愿望和意志。它不是蒙在《水浒传》外面的一层道德正义的保护色，而是能让小说被当时社会各阶层普遍接受的基本精神。小说歌颂英雄，歌颂智慧，歌颂真诚。这种忠与义，假如不只是为封建皇帝与等级制度服务，那在本质上也是人类的一种美德，任何社会都期待着人们对国家、对民族、对事业能忠，对社稷苍生、对这片故土能忠，对家人朋友有情有义。这是《水浒传》之所以能得到百姓欢迎的重要原由。

《水浒传》究竟是在歌颂一种至死不悔的"忠"，还是在隐喻对专制朝廷"不可忠"？这正是《水浒传》留给读者思考的题目。所以明代李卓吾就特别提到宋江"身居水浒之中，心在朝廷之上"，是"忠义之烈也"！"故有国者（即当政者）不可以不读"《水浒传》。金圣叹亦将《水浒传》列为"六才子书之首"，称"不读《水浒》，不知天下之奇"！

3. 梁山上那杆"替天行道"的杏黄旗

与《水浒传》的忠义思想相伴生的，是宋江等人树立的"替天行道"的主张。"替天行道"是梁山好汉的行事原则，也是其区别于其他江湖盗贼的一面旗帜。它在《水浒传》的重要场景中不断出现，并带有一些神话色彩。无论是九天玄女授天书，还是忠义堂做醮现石碣，《水浒传》一直在提醒宋江等人"替天行道"的使命。此四字写于杏黄旗之上，时而立于梁山

"替天行道"杏黄旗

选自陈缘督绘《水浒传》连环画之《梁山泊英雄排座次》。"替天行道"是《水浒传》给梁山好汉设定的道德前提，他们的行动必须符合这一纲领。

之巅，时而拥于军仗之中。

何谓"替天行道"？从字面意思来看，就是代替上天主持公道，有学者考证此一说法受道家思想影响。《道德经》中的"天之道，其犹张弓欤？高者抑之，下者举之；有余者损之，不足者补之。天之道，损有余而补不足。人之道则不然，损不足以奉有余"一说，被看作"替天行道"思想的起源。"天道"常被视为正义的化身，替天行道也就是要代替上天主持人间的正义。"替天行道"的前提首先是"天道"不公，正义得不到伸张自然会激起民愤，这也是"行"的理由。其次还要有人来"替天行道"，也就是"替"的行事者，以扮演新的"天"的角色。在中国古代，"天"在人间有具象的化身，也就是皇帝。皇帝又称"天子"，《尚书》中说"天子作民父母，以为天下王"，皇帝的身份"受天命而立"，因此代表上天行使权力，统治人间。当皇帝不能主持天道时，自然会有人想要代替天来伸张正义，所以古代的造反之人常常打出"替天行道"的口号。

（1）元代水浒戏：从"忠义"到"替天行道"

《水浒传》中"替天行道"的口号最早可追溯至元代水浒戏。例如，《梁山泊李逵负荆》中宋江的唱白"杏黄旗上七个字，替天行道救生民"以及王林的唱白"你山上头领，都是替天行道的好汉"，《争报恩三虎下山》中写着"替天行道宋公明"的杏黄旗，《黑旋风双献功》最后有"黑旋风拔刀相助，双献头号令山前。宋公明替天行道，到今日庆赏开筵"的唱白等。在元代水浒戏中，宋江、李逵等人不仅是行侠仗义的豪杰，还同时承担了官府衙门的角色，因此故事情节往往是由李逵等人将贪官污吏、奸夫淫妇等恶人擒往山寨，随后宋江审判处以极刑，坏人得到惩治，好人得以团圆。换言之，元代水浒戏中"替天行道"的梁山好汉，主要是扮演着官府的角色——惩恶扬善、行侠仗义。

从"忠义"到"替天行道"，元代水浒戏的改变背后是元代社会激烈的民族矛盾。在讲《水浒传》的忠义时，我们提到早期的《宋江三十六赞》及《大宋宣和遗事》都以"忠义"为旨归，强调梁山好汉造反行为的忠义性。但在元代水浒戏中，梁山好汉的"替天行道"成为故事表现的鲜明旗帜。元代的异族统治，尤其是以民族划分社会等级的政策，让广大汉民百姓受尽欺凌，处于社会中下层地位的汉族士人和民众备受歧视与不公，民族情绪高涨，因此在水浒戏中，"忠义"思想中的"忠"被抛之脑后，代表"义"的"替天行道"旗帜被树立起来。梁山好汉成了正义的化身，原本象征"天"的元朝政权被视为"无道"，反抗的梁山英雄取代了官府，以江湖的方式来行"道"，为百姓伸张正义。所以，水浒戏中的"替天行道"思想，有着鲜明的反异族统治的色彩，主张以非官方的手段，通过"法外"的力量来主持天道。

（2）明代《水浒传》："替天行道"的思想重新回归"忠义"

到了《水浒传》中，虽然"替天行道"的杏黄旗被留了下来，但旗帜的象征意义却发生了变化。《水浒传》中的"替天行道"指的是什么呢？九天玄女向宋江授予法旨时说："汝可替天行道，为主全忠仗义，为臣辅国安民，去邪归正……"（第四十一回）也就是说宋江等人需要在忠诚于皇帝，做好臣子的角色的前提下，"去邪归正"。在这种思想下，"替天行道"中的"天"，也就是皇帝，不再是无道的一方，问题出现在原本"替天"的人，也就是皇帝身边的臣子，宋江等人要做的就是清除那些贪官污吏，协助皇帝行使天道。

可以说《水浒传》补足了元代水浒戏中缺失的"忠义"，让"替天行道"的思想重新回归"忠义"，且二者经常结伴出现。例如，戴宗对罗真人说的"晁天王、宋公明仗义疏财，专只替天行道，誓不损害忠臣烈士、孝子贤孙、义夫节妇，许多好处"（第五十二回）；宋江对徐宁说的"见今宋江暂居水泊，专待朝廷招安，尽忠竭力报国，非敢贪财好杀、行不仁不义之事。万望观察怜此真情，一同替天行道"（第五十五回）等。当然最能直接反映二者关系的，还是一百零八位好汉聚义时出现的那块一边是"替天行道"、一边是"忠义双全"四字的石碣。

"替天行道"在《水浒传》中成为水泊梁山的重要旗帜，当然也与明代的社会风气有一定关联。前文提到"替天行道"思想来源于《道德经》中的天道观，在《水浒传》文本形成的重要时期，明嘉靖年间掀起了一股自上而下的崇尚道教的风尚。尤其是嘉靖皇帝信奉道教，提出以"奉天行道"思想治理国家，此一观点深入人心。不过"奉"与"替"还是有所不同："替天行道"重在"替"，只不过替代的对象不同，所以无论是忠义还是造反，都可以讲"替天行道"；"奉天行道"重点则在奉守与遵奉，对嘉靖帝而言，作为天子，他理应遵奉天道行事，而皇帝的臣子也可遵奉天子的意见行事。显然，无论是"奉天行道"还是"替天行道"，至少相比元代水浒戏中的内涵而言，两种说法的忠义倾向都更强了。明代大臣张居正讲评《尚书》说："庶官所治的事，本是上天的事。天不能自为，而付之人君，君不能独为，而付之庶官。是庶官乃是替天行事的。"（《尚书直解》）"替天行道"成了为人臣子的使命。上有所好，下必效之，"替天行道"的思想在民间也开始弥漫开来。在晚明流行的俗文学作品中，我们也能看到诸如《三国演义》等作品中"替天行道"思想的渗入。

（3）从"替天"到"顺天"：忠义最终招致覆灭

梁山上竖起的"替天行道"旗帜成为宋江拉拢好汉上山的重要工具。尤其是对一些官吏出身的人，例如关胜和杨志等，宋江采取的策略都是开门见山打出"替天行道"的旗号，以正义的名义消除其对入伙梁山的抗拒。以关胜为例，宋江意图招揽关胜，关胜却单刀直入质问宋江为何背叛朝廷，宋江回答："盖为朝廷不明，纵容奸臣当道，不许忠良进身，布满滥官污吏，陷害天下百姓。宋江等替天行道，并无异心。"宋江祭出了"替天行道"的旗帜，想让关胜入伙一同"清君侧"。但宋江的一番言辞显然无法得到关胜的认同。首先，从身份上来看，宋江只是一个小吏出身，而这个小吏却口口声声要"替天行道"来诛杀奸臣。其次，从实力上来看，关胜刚刚抓住了梁山中的张顺与阮氏"三雄"，明显强于宋江。最重要的是，宋

（清）康熙五彩《水浒》人物图盘

江要清理的奸臣，恰恰是提拔了关胜且给他立功机会的蔡京。所以从任何角度来看，关胜都不会买宋江的账，所以他直接喝斥宋江："分明草贼，替何天，行何道！天兵在此，还敢巧言令色！若不下马受缚，着你粉骨碎身！"等到关胜战败时，自觉无颜复命朝廷的他请求宋江赐死，但宋江却顺势再次祭出"替天行道"的大旗，邀请关胜入伙梁山一同"替天行道"。既然宋江已经给了一个台阶，关胜也表明心意，愿意跟随宋江入伙梁山。同样的话术宋江不只用在关胜身上，单廷珪、魏定国等人的入伙也是因其"替天行道"的口号。（第六十三回）

对于梁山而言，"替天行道"的旗帜成为他们与朝廷谈判的筹码，这面旗帜进可攻，退可守。面对高太尉的征讨，宋江对绿林出身的"河南河北节度使"王焕直言："我这一班儿替天行道的好汉，不到得输与你！"（第七十八回）宋江的言外之意就是无论是在道德立场上，还是硬实力上，梁山都不惧怕朝廷的"天兵"。尤其是面对被招安的王焕，宋江之意不言自明。此后燕青在直面皇帝的对话中，也是重点突出梁山的"替天行道"："宋江这伙，旗上大书'替天行道'，堂设'忠义'为名，不敢侵占州府，不肯扰害良民，单杀赃官污吏、谗佞之人，只是早望招安，愿与国家出力。"（第八十一回）可以说，"替天行道"是梁山能被招安的重要前提。

在被招安后，梁山很快就收起了"替天行道"的杏黄旗，改以"顺天""护国"两面红旗为朝廷效命。从"替天"到"顺天"，梁山好汉的身份早已实现转变，而适时的收敛锋芒表明忠心，正是梁山好汉的智慧所在。那么到这里，我们可以说梁山的"替天行道"成功了吗？答案似乎是否定的。回过头来看，九天玄女口中的"为主全忠仗义，为臣辅国安民，去邪归正"实现了多少呢？宋江制定的招安目标成功实现，梁山也为国效命，征讨了辽国与方腊。不过在"去邪归正"方面，梁山肯定是失败了的，奸臣贪官仍然横行朝野，甚至好汉们最后也都惨遭他们的毒手。

梁山上的那杆"替天行道"的杏黄旗见证了梁山好汉的忠义，也目睹了他们的覆灭。"狡兔死，走狗烹。"当宋江饮下朝廷的毒酒后，他并没有再带领兄弟们"替天行道"，而是担心李逵造反，给李逵也下了毒。在分别之际，宋江道与李逵：

> 兄弟，你休怪我！前日朝廷差天使赐药酒与我服了，死在旦夕。我为人一世，只主张"忠义"二字，不肯半点欺心。今日朝廷赐死无辜，宁可朝廷负我，我忠心不负朝廷。我死之后，恐怕你造反，坏了我梁山泊替天行道忠义之名。

两人死后，吴用又梦见宋江、李逵二人对他说："军师，我等以忠义为主，替天行道，于心不曾负了天子。"宋江以死捍卫了那面插在他心头的杏黄旗，忠心耿耿也好，执迷不悟也罢，"替天行道"终究成了黄粱一梦。（第一百二十回）

4. 梁山好汉的"忠义"之举

《水浒传》的全称是《忠义水浒传》，作者在表达其思想主题时特别强调了"忠义"二字，并将"忠义"思想贯穿《水浒传》的始终。客观而言，如何认识《水浒传》中的"忠义"一直是争论颇多的话题。站在不同的立场上，不同的人有不同的看法，甚至有些认识是截然对立的。

（1）《水浒传》人物的"忠义"

围绕《水浒传》的忠义我们讲了很多，但很多人仍然会有所疑问：一群绿林好汉口中讲着"忠义"，手中举着"替天行道"的大旗，他们是否真是这么做的？提出这个疑问并不奇怪，一群强盗捍卫忠义，本就是一个稍显荒唐的主题。可是读过《水浒传》的人都能发现，小说对于好汉们形象上的塑造，忠义明显是重心。

《水浒传》之所以给人以这种印象，首先与主要人物的塑造有关。从一百零八位好汉的出身来看，主要人物角色如宋江、林冲、杨志等，本来就非强盗出身，在上梁山之前多为朝廷效命。这些好汉多因受奸臣所害落草梁山，因此行动目标为洗刷冤屈并清君侧，从不觊觎皇位，这也是梁山"忠义"和"替天行道"的体现。同时他们在梁山座次排名靠前，掌握着梁山的话语权，决定着梁山的发展走向。反观那些真正强盗出身的好汉，在梁山本就地位较低，所做的事情也都是受宋江等人的指派。所以我们能看到在大聚义后，梁山的好汉们一改往日作派，不再无差别抢劫。一般的"客商车辆人马，任从经过"，而那些官员、小人却要被抢劫珠宝，更有甚者"全家不留"，"聚义厅"慢慢变成了"忠义堂"。这里我们选取两个代表性人物，通过他们的故事来讲讲梁山英雄们的"忠义"之举。

1）宋江的"忠义"

首先是宋江。《水浒传》从宋江一出场就在树立其"忠义"的"人设"，宋江虽然出身小吏，但对国、对友和对家人都讲究"忠义"，"呼保义""及时雨"和"孝义黑三郎"的称号是宋江行走江湖的"义"字护身牌，也是此后英雄好汉甘愿受其领导的主要原因。从宋江的初心来看，他本无意落草梁山，曾几次拒绝梁山的邀请。但几经辗转后，宋江在生存危亡之际只能选择落草梁山。登上梁山的宋江也没有就此变成强盗作派，而是仍然以"忠义"二字招揽天下好汉，企图被朝廷招安。

为了凸显宋江的"忠义"，《水浒传》为宋江安排了多次神迹以诠释其"忠义"天命。

首先是九天玄女授予宋江三卷天书，从天神的角度赋予了宋江"星主"的身份与替天行道的使命，让宋江广兴忠义，铲除奸邪。九天玄女的出现帮助宋江逃脱了官兵的追捕，而且明确了吴用的地位（九天玄女告知宋江，天书只可与"天机星"即吴用同观）。虽然没有其他人目睹神迹，从而拥宋江为首领，但日后宋江在与卢俊义的竞争中，正是吴用引导了舆论，让宋江成功坐上了头把交椅。在梁山泊排座次时，神迹又适时再现。在众人祈求上苍时，天眼大开，石碣现世，上书"替天行道"与"忠义双全"，再次印证宋江"忠义"路线的正确性。宋江也借此将"聚义厅"改为"忠义堂"，立起了"替天行道"杏黄旗。在梁山接受招安、替朝廷征讨田虎时，神迹再次出现拯救了宋江一行人。宋江不听吴用劝告去救被活捉的李逵，结果被乔道清大败，危亡之际宋江欲自刎，此时神迹出现，宋江等人被土神幻化的奇异之人使出的撮土开河所救，死里逃生。面对这一神迹，吴用以"兄长忠义，感动后土之神"为由安抚众人。因为忠义，神再次拯救了梁山。在不断的神话叙事中，天神庇佑忠义的宋江与梁山的逻辑被确定下来，跟随宋江行忠义便理所应当地成为梁山的正确道路。

在"顺天"与"护国"两面旗帜的指引下，宋江率领梁山好汉终于实现了招安。可朝廷不仅没有对梁山封爵，还刻意让他们"各归原所"，意图分散梁山兵力，让梁山好汉非常不满。面对朝廷给出的"下马威"，宋江为了保全大义，只能"滴泪斩小卒"，再次扮演从中调和的角色。宋江与梁山为忠义所作的牺牲，更多的是单方面的奉献，并没有换来朝廷的回应。面对这样的困境，宋江始终坚守着自己的"忠义"："纵使宋朝负我，我忠心不负宋朝。久后纵无功赏，也得青史上留名。若背正顺逆，天不容恕。吾辈当尽忠报国，死而后已。"（第八十五回）置民族大义为最上。狡兔死，走狗烹。因忠义而封爵的宋江，最终也因忠义而被赐毒酒。在生命的最后时刻，他利用李逵的"义"将其一并毒死，践行了"宁可朝廷负我，我忠心不负朝廷"之忠。这种"忠",究竟是可忠,还是不可忠?

2)燕青的"忠义"

《水浒传》中同样以"忠义"著称的,还有"浪子"燕青。燕青是卢俊义的家臣,北京人,自幼父母双亡,由卢俊义抚养长大。燕青有诸多本领,《水浒传》中提到:"(燕青)不止一身好花绣,更兼吹得、弹得、唱得、舞得、拆白道字,顶真续麻,无有不能,无有不会。亦是说得诸路乡谈,省得诸行百艺的市语。更且一身本事,无人比得。拿着一张川弩,只用三枝短箭,郊外落生,并不放空,箭到物落。"(第六十回)可以说无论是"雕虫小技",还是百步穿杨之功夫,燕青都能使得。

燕青对卢俊义忠心耿耿,视之亦兄亦父。在卢俊义被梁山设计上山的过程中,燕青所表现出来的对卢俊义的忠义令人动容。卢俊义的遭遇真可谓无妄之灾,只因其在河北享有盛名,宋江、吴用就想赚其上山以彰显"忠义"。在吴用的计谋下,卢俊义被成功骗到泰安烧香消灾。巧合的是,临行前卢俊义抛下了想要跟随他一同前往的燕青,反而选择了不愿同往的与其夫人贾氏偷情的主管李固。到达泰安境内后,卢俊义先是遇到

浪子燕青

选自明末陈洪绶绘《水浒叶子》。燕青在梁山一百零八好汉中排第三十六位，上应天巧星。他虽是三十六天罡之末，但"机巧心灵，多见广识，了身达命"，因此《水浒传》中说他"都强似那三十五个"。

黑旋风李逵

选自明末陈洪绶绘《水浒叶子》。李逵在梁山一百零八好汉中排第二十二位，上应天杀星。李逵喜爱喝酒却酒性不好，为人直爽却口无遮拦。他莽撞、无知、不懂礼数，却待人真诚，不加任何伪饰。

燕青 李逵

燕青、李逵

选自明朝杜堇绘《水浒全图》。梁山好汉中，除了宋江，李逵最怕的就是燕青。"原来燕青小厮扑天下第一……李逵若不随他，燕青小厮扑，手到一交。李逵多曾着他手脚，以此怕他，只得随顺。"（第七十三回）

拦路虎李逵和鲁智深等人，丢了车仗人马；好不容易小路逃跑后，又上了李俊等人的贼船，最终被赚上梁山。面对宋江等人落草的邀请，卢俊义断然拒绝，但碍于梁山的热情，只能留在山上几日，让管家李固先行回家。不过这是吴用的计谋，让李固以为卢俊义已反。卢俊义在梁山住了两个多月后终于离开，伹在回京的路上却遇到了"头巾破碎，衣裳褴褛"的燕青。原来李固早已将卢俊义造反之事告知官府，并将燕青赶了出去，逼得燕青只能在城外乞讨。值得一提的是，卢俊义在出走之前将家里的库房钥匙都交与了燕青。燕青看管着卢俊义的财产，在李固回来后完全可以选择同流合污，据其家产。但燕青选择反抗，并最终被驱赶出城。到这里，燕青仍然可以选择一走了之，但忠义的他即使落魄到乞讨偷生，也要等卢俊义回来，保护其安全，不让其落入李固的圈套。

燕青终于等到卢俊义回来，他将李固与夫人贾氏偷情一事告知卢俊义，并劝卢俊义入伙梁山。遗憾的是，燕青的苦口良言没能换取卢俊义的信任，卢俊义反倒对其破口大骂，一脚踢倒。没有了燕青的陪同，卢俊义果然中了二人的圈套，在李、贾二人的诬告与梁中书的严刑逼供下，最终屈打成招，被判死

玉麒麟卢俊义

选自日本歌川国芳绘《通俗水浒传豪杰百八人之一个》。卢俊义在梁山一百零八好汉中排名第二，上应天罡星。他原是北京城里的大员外，"一身好武艺，棍棒天下无对"，因此被宋江等人看中，施计骗上山做了强盗。小说结局，他失足落水溺亡，可谓"可怜河北玉麒麟，屈作水中冤抑鬼"！

刑。此时的燕青没有因为卢俊义的猜疑而离开，反而冒着危险再次去营救他。燕青找到了看管卢俊义的押牢节级蔡福，请求给卢俊义送饭。随后柴进等人出手，救下了卢俊义。从死刑改判为流放的卢俊义在流放途中险些受到李固收买的狱卒的加害，又是燕青出现及时救下了他。燕青背着脚伤的卢俊义，投奔梁山。在投奔梁山的路上，卢俊义再次被官兵抓捕，燕青只能一人前往梁山请求支援。恰巧遇到杨雄与石秀，燕青便跟随杨雄前往梁山。

　　回看卢俊义落难的整个事件，燕青对卢俊义的忠贞不渝是《水浒传》描写的重点。燕青对卢俊义绝对忠诚，不贪慕其钱财，真心为其着想。面对卢俊义的猜忌，他从不计较，反而想尽办法去营救卢俊义。对此，金圣叹评点道："莫伶俐于小乙也，而此时此际，遂宛然李铁牛身分者，至性所发，固当不谋而合也。"（第六十一回批语）金圣叹将燕青之于卢俊义，同李逵之于宋江相提并论，就是在夸赞燕青的绝对忠义。《水浒后传》的作者陈忱曾在该书中这样评价燕青："忠其主，敏于事，绝其技，全于害，似有大学问、大经济，堪作救时宰相，非梁山泊人物可以比拟也。"可谓一针见血。

（2）施耐庵描绘的"忠义"

从叙事的角度看，施耐庵描绘的"忠义"大体上可分为三个层次：其一，先从小聚义入笔，写晁盖等"替天行道"的行为。其二，建立"替天行道"与"忠"的联系，寻找不同诉求的平衡点。宋江劝降徐宁时说："见今宋江暂居水泊，专待朝廷招安，尽忠竭力报国，非敢贪财好杀、行不仁不义之事。万望观察怜此真情，一同替天行道。"（第五十五回）其三，将"忠"改造为忠君，即忠于朝廷，以"忠君"相号召，走上招安之路。如晁盖在世时，坐梁山第二把交椅的宋江曾专门向宿太尉表白道："宋江原是郓城县小吏，为彼官司所逼，不得已哨聚山林，权借梁山水泊避难，专等朝廷招安，与国家出力。"（第五十八回）由于招安是宋江早就定下的思想路线，因此梁山一百零八人大聚义时，宋江率众许愿：一则祈保众弟兄身心安乐；二则惟愿朝廷早降恩光，赦免逆天大罪，众当竭力捐躯，尽忠报国，死而后已；三则上荐晁天王早生天界，世世生生，再得相见。（第七十一回）除了有对生者与死者的祝福外，宋江又将内在的"忠君"思想外化为期待招安的一种情感愿望。

一个时代有一个时代的文化诉求，尽管《水浒传》的"忠

忠义堂

选自陈缘督绘《水浒传》连环画之《梁山泊英雄排座次》。忠义堂是梁山好汉商议军情、调兵遣将的地方。对于宋江的改名举动,李赞说:"改聚义厅为忠义堂,是梁山泊第一关节,不可草草看过。"

义"思想具有浓厚的维护封建统治秩序的色彩,当统治阶级的思想占据社会主导地位或成为社会主流意识形态时,自然会凸显其缺陷,但不能因此否定其曾经有过的意义和价值。换言之,当"忠义"思想楔入社会群体的文化心理时,"忠义"作为一种准则,势必要规范每一个社会成员的思想和行为。从这一意义上讲,"忠义"思想是阅读《水浒传》时首先要关注的内容。

（3）李贽看"忠义"

李贽《忠义水浒传序》云：

夫忠义何以归于水浒也？其故可知也。夫水浒之众，何以一一皆忠义也？所以致之者可知也。今夫小德役大德，小贤役大贤，理也。若以小贤役人，而以大贤役于人，其肯甘心服役而不耻乎？是犹以小力缚人，而使大力者缚于人，其肯束手就缚而不辞乎？其势必至驱天下大力大贤而尽纳之水浒矣。则谓水浒之众，皆大力大贤有忠有义之人可也。……独宋公明者，身居水浒之中，心在朝廷之上，一意招安，专图报国，卒至于犯大难，成大功，服毒自缢，同死而不辞，则忠义之烈也！……故有国者不可以不读，一读此传，则忠义不在水浒而皆在于君侧矣。……苟一日而读此传，则忠义不在水浒，而皆为干城心腹之选矣。否则不在朝廷，不在君侧，不在干城心腹，乌乎在？在水浒。此传之所为发愤矣！

李贽站在异端思想的立场上，高度赞扬了《水浒传》描写的"忠义"，赞扬以宋江为首的水浒英雄"皆大力大贤有忠有义之人"。既然是"有忠有义"之人，那么为什么还要啸聚梁山、反对现存的政治秩序呢？李贽从两个不同的视角论述了"忠义"存于梁山的事实：其一，梁山聚义是小人当道造成的，在被迫啸聚梁山的过程中，宋江等依旧心系朝廷，等待招安和报国的机会；其二，"有国者"读后虽可以认为"忠义"不在宋江等人，但他们应认识到《水浒传》仍是一部发愤之作。作者是心系朝廷的，官逼民反这一社会现实兴许能警醒当权者。

（4）金圣叹看"忠义"

明末清初的文学批评家金圣叹自有他对《水浒传》的独特理解。如前所述，在金圣叹眼里，宋江等人无论如何不能称为"忠义"之士。如果把这些"好乱之徒"的行为标榜为"忠义"，那么《水浒传》必然会给社会秩序造成混乱。为此，金圣叹在批改《水浒传》时，不但从书名上删掉了"忠义"二字，而且还将《水浒传》拦腰斩断，只取受招安前的七十回。但他在"楔子"总批中还是不得不承认："为此书者，吾则不知其胸中有何等冤苦而为如此设言。"他在第一回开宗明义批道："不写一百八人先写高俅，则是乱自上作也。……乱自上作，不可长也，作者之所深惧也。"无论是肯定还是否定宋江等人啸聚梁山的聚义之举，其关注的焦点均在"忠义"方面。《水浒传》第五十九回，宋江坐上梁山头把交椅后，第一件事就是把"聚义厅"改为"忠义堂"。这些都表明《水浒传》是以宣扬"忠义"为己任的。

三 水泊梁山上的英雄好汉

　　《水浒传》以其杰出的艺术描写手段，深刻揭示了中国专制社会中农民起义（或市民起义）的发生、发展和失败的过程，揭露了专制的黑暗和腐朽，以及统治阶级的昏庸残暴，说明造成农民起义的根本原因是"官逼民反"。小说前七十回表现了北宋末年以宋江为首的梁山义军的酝酿、形成和发展过程，深刻揭示和反映了当年广阔的社会生活面貌。小说把高俅发迹和徽宗宠信他的故事，放在故事的开端来写，以示"乱自上作"，揭示了"官逼民反，民不得不反"的思想。《水浒传》在揭露官场贪官污吏的残暴腐朽时，也深刻揭示了当时的社会矛盾，反映了市民阶层的人生向往，同时热情讴歌了梁山好汉的英雄气概。故事情节曲折，语言生动有力，人物性格鲜明，具有很高的艺术成就。小说又积极鼓吹"忠义"，表现了时代的鲜明特点，当然也表现出作者思想的一定局限。《水浒传》在人物塑造上也取得了杰出的艺术成就，许多英雄形象都有血有肉，栩栩如生，跃然纸上，譬如武松、鲁智深、李逵、宋江、林冲、杨志等。

《水浒传》对一百零八位好汉的塑造，是小说中最主要的内容，也是最精彩的部分。这些好汉出身不同，性格各异，小说为这些好汉几乎都单独立传，刻画了他们的成长。最后百川入海，落草梁山，实现招安大业。《水浒传》设置了一个神话式的世界观来统摄好汉们的命运，他们本是洪太尉放出来的一百零八位"魔君"，对应天罡地煞，后来又由"星主"宋江点将一一归位。明代天都外臣这样评价梁山好汉："虽掠金帛，而不虏子女。唯剪葵墨，而不戕善良。诵义负气，百人一心。有侠客之风，无暴客之恶。"（天都外臣本《水浒传》序）这群好汉在聚义后虽然劫掠他人钱财，诛杀贪官污吏，但是不抢夺他人子女，不伤害无辜平民。

梁山好汉虽然落草为寇，但足以称得上侠客英雄。他们多因个人的快意恩仇或他人的逼迫走上梁山，但正如天都外臣所言，他们"有侠客之风，无暴客之恶"。何谓侠客？《史记·游侠列传》说"侠"："虽不轨于正义，然其言必信，其行必果，已诺必诚，不爱其躯，赴士之阨困，既已存亡死生矣，而不矜其能，羞伐其德。"可见虽然侠客的很多行为往往不符合通常的"正义"，但他们在品行上却无可挑剔。讲究诚信，舍生取义，做好事不留名，这不正是梁山好汉的所作所为吗？梁山好汉除暴安良，乐于助人，匡扶正义，所以他们不仅是好汉，更是英雄。

1. 智取生辰纲是怎么一回事儿

（1）两帮人马争夺生辰纲

智取生辰纲是《水浒传》中十分精彩的一个桥段，参与事件的晁盖、吴用等七人聚义团伙，正是后来梁山的雏形。此一事件的参与者主要分为两帮，一个是负责押送生辰纲的杨志一行十五人，一个是夺取生辰纲的晁盖团伙八人（包含未聚义的白胜）。两帮人马争夺的核心是生辰纲，也就是梁中书送给他岳父蔡京的生日礼物，包含各种金银珠宝，价值十万贯。古代货物流通不像今日有单独的货运公司，多靠人力借助工具运输，

（明）陈洪绶绘《水浒百八人画像临本》（局部）

因而运送时间长，风险也大。

　　梁中书为什么会选择杨志来护送生辰纲呢？从出身来看，《水浒传》中写杨志是三代将门之后、五侯杨令公之孙，可谓出身名门。杨志曾应过武举，做到殿司制使官，可谓年少有为。可偏偏有一次为皇帝护送花石纲时，杨志一行人在黄河上被风打翻了船，丢失了花石纲。铸成大错的杨志畏罪潜逃，直到皇帝大赦，他才出来，又去枢密院报到，意图再度出仕。可高俅将他责骂一番赶了出去，他再度流亡，落魄之际只能将家传宝刀当街售卖。屋漏偏逢连夜雨，杨志卖刀时又将寻衅滋事的地痞牛二失手杀死。他去官府自首后最终被刺金印，送配北京大名府留守司充军。按理说这样一个有着诸多"前科"的人，梁中书是一定看不上眼的。可是杨志到留守司报到后，担任留守的梁中书看了杨志的公文，发现是旧相识，并对其遭遇十分同情，就将其留在身边。杨志有感于梁中书的知遇之恩，对他鞍前马后，仔细侍奉。后来梁中书有意抬举杨志，便让他与索超等人比武，杨志也抓住机会证明了自己的武艺，随后升为管军提辖使。恰巧蔡京生日临近，梁中书惮于贼人劫掠，便让自己信任的杨志带领十四人一同护送生辰纲进京。

晁盖等七人为什么又要去劫掠生辰纲呢？晁盖本是郓城县东溪村的保正，其职位大体相当于今天的村长。《水浒传》说他"平生仗义疏财，专爱结识天下好汉，但有人来投奔他的，不论好歹，便留在庄上住"（第十三回）。其中"不论好歹"一句既透露出晁盖的热情，也从侧面说明晁盖交友不论出身行迹，颇类《史记》所言之"侠"。有一天，晁盖机缘巧合之下结识了"赤发鬼"刘唐，他刚好又梦到北斗七星直坠屋脊上，斗柄上还有一颗白星，就邀请同乡吴用一起行事。吴用虽然只是一名私塾先生，但自幼与晁盖交好，颇得晁盖信任。此番劫取生辰纲一事，吴用也认为可行，于是建议此次行动人数不宜过少，正好有晁盖做梦先兆，理应应数，于是就举荐了石碣村的阮氏三兄弟，并亲自前去招募。阮氏三兄弟本为渔民，因梁山泊被王伦等人占据，只能守着自己的石碣湖谋生。四人言谈之间，阮氏三兄弟表现出对梁山"不怕天，不怕地，不怕官司，论秤分金银，异样穿绸锦，成瓮吃酒，大块吃肉"（第十四回）生活的向往，吴用趁机拉拢三人入伙，四人一拍即合。吴用带着

智多星吴用

上图选自明末陈洪绶绘《水浒叶子》，下图为清朝孙石所绘。吴用字学究，道号加亮先生，江湖上绰号智多星。他出场时虽只是一个私塾教师，但其言行举止和思维方式，已是军师形象。

阮氏三兄弟回到东溪村，六人集合时，恰巧公孙胜也来投奔晁盖，想要送晁盖"一套富贵"。晁盖表明意图，与公孙胜一拍即合，七星成功聚义。

公孙胜打听到运送生辰纲的路线要经过黄泥冈大路，但此地距离东溪村较远，需有一地歇脚。晁盖想到黄泥冈东十里安乐村有一个叫"白日鼠"白胜的闲汉曾来投奔自己，于是吴用打算以此作为安身处，恰好也应了晁盖的梦。确定好时间地点后，吴用制定计谋决定智取，众人议定后暂时分别。从整个七星聚义的过程来看，对财富的向往是他们决心劫取生辰纲的直接原因。

一边是杨志护送，一边是晁盖劫掠，智取生辰纲的大戏正式拉开。杨志一行人走至黄泥冈时，天气十分炎热，随行人员想要就地歇息。杨志考虑到路途凶险，想要继续前进。但一行人路上早已透支体力，任凭杨志抽打也不愿前进，杨志只能就地歇息。晁盖一行人早已在此等候，两队人马相遇。晁盖七人的出现引起了杨志的警觉，但假装成贩枣商人的他们，脱光了衣服坐着乘凉，企图打消杨志的顾虑。不一会儿白胜假扮的卖酒汉子挑担路过，随同杨志护送的都管与士兵想要买酒解渴，但杨志担心有蒙汗药就不让他们买。这时晁盖等人故意来买酒祛暑，士兵们看着他们喝得爽快，早已口渴难耐，于是再次去请求杨志。杨志看到晁盖等人两桶酒都喝过没事，就放松了警惕，同意让他们去买酒，并且自己也吃了半瓢。没想到的是，白胜挑的酒虽然没有问题，可是吴用喝完酒后，在剩下的酒中悄悄下了药。中了计的杨志一行人都被药倒在地，虽然他喝酒最少，但也无力反抗，只能眼睁睁地看着晁盖等人抢走了生辰纲。醒来后的杨志"有家难奔，有国难投"，本欲自尽，但思忖一番，最终还是一走了之。

（2）杨志与吴用的博弈

回顾整个智取生辰纲事件，杨志与吴用的博弈是故事的焦点。两个人都在这一事件中展现出自己"智"的一面。首先，作为胜利方的吴用，他在行动前后对形势的判断是七人能够成功的主要原因。在行动之前，他结合梁中书对生辰纲的重视与晁盖的梦，果断招纳了阮氏三兄弟，增加团队人数。同时他制定计谋，采取智取的策略，没有强攻。事实证明吴用的判断是正确的，因为杨志一行人共十五人，两倍于晁盖团队，所运送的财物就足足需要十一个士兵运输。在行动中，吴用还利用了

袁无涯本《水浒传》（左）、容与堂本《水浒传》（右）"吴用智取生辰纲"

夺取生辰纲虽然是晁盖发起的，但体现的是吴用的智谋，所以是"吴用智取生辰纲"。

杨志的谨慎，诱使杨志自己服下蒙汗药。吴用并没有着急在白胜的酒里下药，而是让白胜挑着两担好酒，一担自己人喝完，另一担偏偏要多吃半瓢，然后在剩下半瓢中下药。白胜将瓢抢回来后，顺势将药倒在酒中，等到杨志一行人再吃时便是下过药的酒了。虽然《水浒传》并未交待吴用是早已计划好还是随机应变，但无论是哪种情况都足以展现出吴用"智多星"的过人智慧。

其次，作为失利方的杨志，虽然最终功亏一篑，但在整个运送生辰纲任务中表现出来的谨慎与智慧同样令人印象深刻。杨志作为名将之后，自幼接受军事训练，又流浪江湖多年，还有着押送花石纲的失败经验，他在接到此次任务时谨慎地对待每一个环节，差点就完成了任务。且看行动之前杨志的种种策略，他否定了梁中书大张旗鼓的运送方式，而是让士兵乔装打扮成人力脚夫担着宝物低调行路。在梁中书要增加一位都管、两位虞候陪同时，他又欲擒故纵坚决掌握领导权，全权指挥。在运送过程中，《水浒传》还特意凸显了杨志的行进时间安排。从都管口中我们得知，在初离开东京之时，杨志要求"起五更趁早凉便行，日中热时便歇"，为的是保存体力，快速前进。而远离东京之后，杨志却采取了相反的作息时间，要众人趁早凉休息，日中热时赶路，"五七日后，人家渐少，行客又稀，一站站都是山路。杨志却要辰牌起身，申时便歇"。杨志这样安排并非有意折磨随行的人，而是考虑到远离东京后人烟稀少，贼人出没频繁，天气热时行动，刚好可以尽量避开危险。在黄泥冈遇到晁盖等人时，杨志还展现出了他的警惕与谨慎。无论是对贩枣商贩的试探，还是对酒中蒙汗药的判断，杨志都做到了谨小慎微，只不过面对吴用，他还是稍逊一筹。

杨志失败的原因是多方面的，既有客观条件限制，也有主观因素作祟。客观条件的限制主要体现在天气的炎热。杨志在路经黄泥冈等危险地段时，不得不在天气炎热的中午时段前行，由此引发了杨志与随行士兵的矛盾，只得在黄泥冈停留休憩，给了吴用机会。而主观因素则是杨志领导能力不足，却过于渴望任务成功，导致与随行人员产生了激烈的矛盾。他过分强调自己的领导地位，随行时只顾驱赶别人，自己不挑担，不能以身作则。当矛盾出现时，他不想调和矛盾，反而一味以武力威胁众人，"轻则痛骂，重则藤条便打"。这一招一开始还有用，等到达黄泥冈时，杨志与其他人的矛盾已经不可调和，即使鞭打士兵也不听号令。失去了军心，他的失败在所难免。

吴用虽然从杨志手里夺取了生辰纲，但其在过程中也出现了一些小的疏漏或失误。例如在药倒杨志后并没有将所有人灭口，而是留下了诸多证据。同时智取成功后也没有按照原计划去白胜家躲避，一行人反而直接大张旗鼓地入住了同一家客店，徒增了许多目击证人，晁盖等居然还返回老家居住。所以从济州府尹接到蔡太师的公文到侦破案件，前后总共花费了不到三天时间，与梁中书此前生辰纲被劫案"至今未破"形成鲜明对比。这也导致后来白胜被抓、晁盖等人被围剿等。

2. 林冲是怎么上梁山的

（1）林冲的遭遇与困境

林冲是《水浒传》中的一个重要角色，在小说一开始出场时，可谓风光无限。他身为八十万禁军枪棒教头，前程似锦，同时还有一个幸福美满的家庭，夫妻恩爱。小说写他武艺高强，相貌非凡，长得豹头环眼，燕颔虎须，十分英勇，为人还谦虚谨慎。这么一个身居高位的英雄，为什么会落草梁山呢？

俗话说人在屋檐下，哪能不低头。林冲虽然是八十万禁军总教头，但管理他的长官恰恰是担任太尉的高俅，而林冲此后的种种遭遇，都与高俅脱不了干系。一天，林冲和夫人以及女使锦儿去庙里烧香，高俅的养子高衙内趁林冲不在调戏林冲的娘子。此时林冲刚刚结识鲁智深，两人攀谈之际仆人锦儿来报，林冲赶紧回去救娘子。林冲刚把调戏夫人的流氓扳过来打算教训一番，结果发现是高衙内，"先自手软了"，只能作罢。林冲这里的行为暴露出自身的软弱，作为下属的他深知得罪高衙内的下场，没等高衙内斥责，他自己先"手软"了下来。

林冲的妥协并没有换来和平，他的步步退让反而使得高俅与高衙内步步逼近，最终陷入绝境。高衙内回到家后仍然想着林冲娘子，闷闷不乐。这时一个名叫富安的帮闲猜透了高衙内的心思，献计让林冲的好友陆虞候陆谦借饮酒之名将林冲调虎离山，给高衙内创造机会。陆虞候不顾朋友交情，将林冲约到外面吃酒。中间林冲出来如厕，没想到撞上来通风报信的锦儿，原来高衙内趁林冲不在，将其娘子骗到了陆虞候家，意图侵犯。还好林冲及时赶到救下娘子，高衙内见状跳窗逃走，愤怒的林冲将陆虞候家打个粉碎，并拿着尖刀找陆虞候复仇。陆虞候只能躲在高俅府内，逃过一劫。逃回家的高衙内相思病加重，高俅知道后决心制定计划除掉林冲，以绝后患。他让人假装卖刀给林冲，随后又亲自下令召见林冲要看看宝刀，成功将林冲骗到了白虎节堂。白虎节堂是商议军机大事的地方，林冲带刀进入已然酿成大祸。等到林冲反应过来想要离开时，高俅已经赶到，将林冲监押到了开封府。开封府尹虽惮于高俅的权威，但在孔目孙定的建议下没有判处林冲死刑，最终"断了二十脊杖，唤个文笔匠刺了面颊，量地方远近，该配沧州牢城"。

可以说从林冲"误入白虎堂"被刺配沧州开始，他的政治生命已经结束，很难东山再起了。深谙此理的林冲在走之前拜访了自己的岳父，打算以一纸休书还娘子自由，展现了其有情有义的一面。林冲说："娘子在家，小人心去不稳，诚恐高衙内威逼这头亲事。况兼青春年少，休为林冲误了前程。却是林冲自行主张，非他人逼迫，小人今日就高邻在此，明白立纸休书，任从改嫁，并无争执。如此林冲去得心稳，免得高衙内陷害。"（第七回）他担心耽误娘子前程，宁愿写休书让其自行改嫁，爱妻之情溢于言表。岳丈张教头与林娘子百般不愿，立志守节等待林冲回来。林冲还是写好了休书，与负责监押的董超、薛霸上路。

刺配沧州的林冲仍然没有摆脱高俅的迫害，陆谦受其指示买通董超、薛霸，打算在路上杀掉林冲。董超、薛霸收了钱后开始行动，二人先是让林冲在滚烫的热水里洗脚，后又故意给林冲穿新草鞋，磨得他本就受伤的脚鲜血淋漓。到达野猪林后，二人打算在这里结果林冲。他们先设计将林冲绑了起来，在准备杀他之前把高俅和陆虞候是如何打算杀死他的秘密告诉了他，打算让他死个明白。就在薛霸举起水火棍劈下来之际，鲁智深突然出现救下了林冲，且抢起禅杖就要打董、薛二人。此时，林冲再次展现出有情有义的一面。他先是赶忙制止了鲁智深，转而又为两人求情："非干他两个事，尽是高太尉使陆虞候分付他两个公人，要害我性命，他两个怎不依他？你若打杀他两个，也是冤屈。"（第八回）鲁

陈缘督绘《野猪林》

两个公人在野猪林打算"结果"林冲，千钧一发之
际，鲁智深及时赶到，救下林冲。原来，他因为担忧
林冲，一路跟随，甚至住到同一酒店。因为怕店里人
多，不好下手，就先进入野猪林等待。鲁智深既鲁莽
又细心的性格，救人救彻的侠义精神，由此可见。

智深听后只能作罢，随后一直护送林冲，直至临近沧州城才离开。

前往沧州的途中，林冲等人在酒店中打听到"小旋风"柴进正在资助过路犯人，于是打算先去投奔柴进。柴进久闻林冲大名，赶紧好酒好菜仔细招待。饮酒间柴进家里的洪教头出现，言语间对林冲多有轻蔑之处。林冲碍于柴进脸面隐忍退让，洪教头继而得寸进尺。柴进见此邀请二人比试武艺，没想到洪教头几招出完就被林冲打败，只能灰溜溜离开自投庄外。林冲留在柴进庄上几日后要继续赶往沧州，柴进挽留不得便写信要沧州大尹对林冲多加照顾。

林冲到达沧州牢营后，买通了差拨，被分排去看守天王堂。这看守天王堂是闲差，林冲每日只是烧香扫地。到了冬天，林冲又被差拨调到了草料场管事。草料场条件简陋，林冲夜里被冻得无法入睡，只能去二里外买酒祛寒。等林冲吃喝完毕回来时，发现草厅被雪压倒，没了住处，只能去沿途看见的古庙歇息。到了古庙没一会儿，林冲突然听到有东西燃烧的声音，一看居然是草料场着火了。他正准备前去救火，却听到有人说话。林冲从他们言语间听出，三人分别是陆虞候、富安与

林教頭風雪山神廟

容与堂本《水浒传》"林教头风雪山神庙"

栖身的草厅被大雪压倒，林冲便想到去古庙住一夜，恰巧在庙里听到陆虞候等人的毒计。这其中的巧合，真应了小说中的话——"天理昭然，佑护善人义士，因这场大雪，救了林冲的性命"。

差拨。原来在来到草料场之前，林冲就从店家李小二那里听到了陆虞候来到沧州的消息，但陆虞候迟迟不见踪迹，几天后林冲就被调到了草料场。此番在这里遇到三人，再加上他们窃窃私语所说的内容，愤怒的林冲将三人全部杀死，向别处逃走。

在逃亡的路上，林冲遇到了"旱地忽律"朱贵，在他的推荐下，林冲决心落草梁山。走之前，林冲在朱贵酒店墙上写下这么一首诗："仗义是林冲，为人最朴忠。江湖驰誉望，京国显英雄。身世悲浮梗，功名类转蓬。他年若得志，威镇泰山东。"（第十回）这是林冲对自己人生的评价与期待，从中我们能窥得他的心境。作为军人，他为人忠义，在江湖上声名远扬，这在鲁智深身边相国寺的泼皮口中与史进那里都可以得到佐证。但高俅的陷害彻底改变了他的人生。在被逼到绝境彻底爆发后，已然跌至谷底的林冲仍然希望将来能够有所作为——"威镇泰山东"。可以说，林冲的这首诗与宋江题在浔阳江头的反诗有异曲同工之妙。

到达梁山后，敢于抛下所有的林冲却再次遇到了一个平庸的领导者：王伦。面对突如其来的在能力和威望上都强于自己的林冲，王伦无意留其在山上，只是在旁人的一同劝说下，才勉强同意林冲在三日之内交上投名状方可入伙。林冲对于王伦的刻意刁难虽有不满，但仍然没有反抗，想要继续逃避，"往别处去寻个所在"。直到晁盖等人上山，在吴用的旁敲侧击下，林冲再次爆发，火并掉了王伦，并将晁盖推到首席。

写到这里，《水浒传》对林冲的集中刻画实际上已经完结。在剩下的篇幅中，得到了信任的林冲为梁山立下了赫赫战功，例如祝家庄之战生擒扈三娘，高唐州之战刺死统制官于直，东昌府之战与花荣活捉龚旺。与几位关键人物的交锋中，林冲的英勇不断得以凸显，例如与呼延灼大战五十回合之上不分胜败，与秦明双战关胜占据上风。因此在晁盖死后，宋江成为新寨主，林冲坐镇左军寨，居第一位。在梁山排座次时，林冲高居第六位，星号天雄星，位列马军五虎将，镇守梁山泊正西旱寨，算是实现了"威镇泰山东"的志向。招安后的林冲跟随卢俊义征讨方腊，平定江南，最终因风瘫留在六和寺，半年后病故。

（2）林冲为何被逼上梁山

回顾林冲上梁山的全过程，高俅等人的逼迫是其落草的主要原因。其悲剧的背后是《水浒传》想要强调的重要主题：官逼民反。王韬在《〈水浒传〉序》中提到："试观一百八人中，谁是甘心为盗者？必至于途穷势迫，甚不得已，无可如何乃出于此。盖于时宋室不纲，政以贿成，君子在野，小人在位，赏善罚恶，倒持其柄。贤人才士，困踣流离，至无地以容其身。其上者隐遁以自全，其下者遂至失身于盗贼。"（大同书局《第五才子书》）这种德不配位的现象促使真正有才能之士不甘于"束手就缚"，反被倒逼进入水泊梁山。

与宋江私放晁盖、怒杀阎婆惜，鲁智深拳打镇关西，武松杀死潘金莲等因犯法上梁山的好汉不同，林冲在与高俅父子的冲突中完全是无辜的受害者。在上梁山之前，林冲面对高俅父子的陷害，一直保持着难能可贵的"理性"，没有留下任何把柄。可以说这种谨慎或稍显懦弱的行为，让《水浒传》中的林冲与其他绿林好汉形象迥异。作者为了突出他的这种独特气质，特地设置了诸多对照组来进行反衬。例如林冲的长相是"豹头环眼，燕颔虎须，八尺长短身材，三十四五年纪"，用的武器是丈八蛇矛，从外观上看完全是第二个张飞。可林冲的性格偏偏与张飞迥异，其为人谨慎隐忍，称得上张飞的对立

花和尚鲁智深

清代张琳绘。鲁智深、林冲二人见面不久就结拜为义兄弟，表明意气相投，但在反抗黑暗现实上，林冲是一忍再忍，鲁智深则疾恶如仇。

面。为了更加突出林冲的性格，《水浒传》还特地安排了鲁智深与林冲形影不离，用鲁智深的一次次横冲直撞来与林冲形成对比。因此，林冲看起来并不像一个武夫，反而像一个文官。可就是这么个谨慎隐忍的"好人"，没有丝毫造反作乱的心思，最终也被高俅这类无法无天的权势小人硬生生逼上梁山。所以，林冲对于《水浒传》的意义，正是突出了乱自上作、官逼民反的主题。只不过林冲被写得实在太惨，以至于金圣叹都慨叹"林冲自然是上上人物，写得只是太狠"。

　　林冲从八十万禁军教头到梁山"盗贼"，除外部因素外，自身优柔寡断的性格是他被逼上梁山的重要内因。在高衙内第一次调戏林冲娘子时，林冲的"先自手软"就暴露了其内心的优柔寡断。他想要保住官职与家庭，因此尽管高衙内欺人太甚，他仍然选择了隐忍。林冲的这些反应让高衙内捕捉到了他对自己的畏惧，才有了后续对林冲的层层逼近。

　　好友陆谦的背叛激发了林冲的第一次反抗，他砸了陆谦的家，还买了一把解腕尖刀在陆谦家门口"一连等了三日"，但遗憾的是陆谦没有再次出现，他的复仇行动以失败告终，只能"每日与智深上街吃酒，把这件事都放慢了"。如果说，到这里高衙内的目的还只是想得到林冲的娘子，满足自己的色欲，那么白虎堂事件则宣告了高俅父子想要的已经不只是林冲的娘子，而是林冲的命。在刺配沧州的路上，面对押解他的董超与薛霸的折磨，林冲没做出任何反抗，只是坐以待毙。当鲁智深从二人手中救下林冲时，他不但没逃跑，反而为二人求情，心甘情愿前往沧州。风雪山神庙的当晚，窃听得陆谦等人说话的林冲终于彻底醒悟，没有再犹豫不决，果断杀死了三人，奔上梁山。

当循规蹈矩的"好人"林冲都被高俅等人陷害得无奈投奔梁山之时，可以想象"天下大力大贤""尽纳之水浒"已成必然趋势。诚如石昌渝所说："没有林冲、高俅，《水浒传》官逼民反的主题就难以突显和成立。"林冲与高俅的博弈最终变成了一边倒的压制，没有任何过错的林冲被高俅一步步陷害，几近丧命，却无丝毫还手之力。作为八十万禁军教头的林冲尚且如此，更何况当时的黎民百姓。在这种官逼民反的社会环境下，真正处于社会底层的民众在遭遇不公时很难有处申冤，因此我们在《水浒传》中可以看到，被逼上梁山的远不止林冲一人。

3. 武松为什么要血溅鸳鸯楼

武松是《水浒传》中的一个传奇人物，是很多人喜欢的一个好汉，他的外号是"行者"，今人也多以"打虎英雄"视之。不过每有读者读到"血溅鸳鸯楼"一回时，都会发出疑问：这样一个残酷冷血、杀人如麻的武松为何看上去如此陌生？这个问题不难解答，因为一般读者对武松的印象主要来源于两件事：景阳冈打虎和怒杀潘金莲。两个事件中的武松给人留下的印象是英勇正直和重情重义。而在为哥哥复仇成功后，武松就从"好汉武二郎"沦为"阶下囚武松"，此后又经历了诸多信任与背叛，最终导致"血溅鸳鸯楼"事件的发生。因此，《水浒传》中的武松是一个立体的人物，他的形象随着种种事件的发生被拼凑完整，如同一个有血有肉之人经历层层磨难，最终书写出一个传奇的人生。

（1）落魄武松成打虎英雄

与林冲不同，武松出身平民，在《水浒传》中登场时更是狼狈。当时宋江因杀阎婆惜躲在柴进家，喝完酒后在廊下看到了武松："那廊下有一个大汉，因害疟疾，当不住那寒冷，把一锨火在那里向。"（第二十一回）武松为何会流落至此呢？原来一年前他在清河县时，因酒醉斗殴后误以为打死了人，逃到柴进这里避难。到了柴进家，武松也不消停，经常借酒欺人，因而柴进也不喜欢他。武松原计划去投奔宋江，没想到又感染了疟疾，只能在此养病，不料恰巧遇到了宋江。

人生触底的武松在遇到宋江后开始反弹，景阳冈打虎一事让他瞬间名声大噪。

与柴进、宋江告别后，武松返乡看望哥哥，途经阳谷县地面，准备在一家酒店吃饭。酒店门口挑着一面旗，写着"三碗不过冈"。武松吃完三碗后，店家果然不再上酒了。原来常人在此饮酒一般三碗就已经喝醉了，过不去前面的山冈。武松自觉没喝过瘾，又强让店家筛了十五碗，这才酒足饭饱准备离开。没想到店家赶紧把武松叫住，原来再往前走是景阳冈，冈上有只"吊睛白额大虫"伤了不少人。武松自以为店家唬他，乘着酒兴，全然不顾就前往景阳冈。到了景阳冈上，武松看到官府的印信榜文，方知店家没有骗自己。但他豪言已出，骑虎难下，只能借着酒力大胆过冈。行至山冈间，武松刚想要休息，没想到大虫忽然跳出，吓得他赶紧拿起哨棒闪开。几回合下来，大虫没了力气，被武松使劲平生之力打死。打死老虎耗尽了武松的力气，他担心再有老虎出现，赶忙下山。此时恰巧遇到来捉老虎的猎户，武松将打死老虎的事情告知猎户，众人跟随武松找到老虎的尸体，一起抬下了山。武松为民除害的事迹传遍县城，他也被当作英雄受到百姓欢迎。阳谷县知县有心抬举，便让他做了县里的都头。

评林本《水浒传》"武松打虎"

《景阳冈武松打虎》年画

（明）宣德青花武松打虎纹　　　　［日］歌川国芳绘行者武松
梅瓶

（2）都头沦为阶下囚

　　都头虽然官职不大，但出身卑微的武松对此已然很是满意，一时间居然忘记了回乡看望哥哥的事情。不过武松还没来得及回家见哥哥，哥哥先来找了武松。武松的哥哥人称武大郎，虽是亲兄弟，二人身高、长相却完全不同。《水浒传》说武松"身长八尺，一貌堂堂，浑身上下有千百斤气力"。武大郎却"身不满五尺，面目丑陋，头脑可笑"。也正因武大郎长相丑陋，旁人戏称他为"三寸丁谷树皮"。可就这么一个矮短猥琐之人，偏偏有一个漂亮媳妇，名叫潘金莲。潘金莲原为大户人家的使女，因不愿委身大户，被大户倒贴嫁妆嫁给了武大郎。二人身份、样貌的巨大差距，让本就没有爱情的结合更添嫌隙。潘金莲四处偷汉子，武大无可奈何只能从清河县搬到阳谷县，卖炊饼养活一家。此次正是卖炊饼时遇到了武松，二人寒暄几遭，武松同回武大郎家。

到了武大郎家里，武松见到了潘金莲，此时的他展现出为人正直的一面。潘金莲看到武松长相英俊，便处处与他献殷勤，奈何他不予理会，潘金莲见此进一步邀请他住到家中，武大也有此意。武松便回到衙门收拾行李，住了进来。此后武大每日外出卖饼，武松每天去衙门应付差事，潘金莲则欢天喜地服侍武松，只是武松并不解其中意，就这样过了一个多月。终于有一日，潘金莲决心逼武松就范，便把武大支了出去，单与武松在家吃酒。几杯酒喝完，潘金莲使尽招数引诱武松，武松忍无可忍，便掀翻脸面斥责潘金莲之秽行。恰巧武大回家，潘金莲反将一军，指责武松调戏她。武松顾及情面没有争辩，一走了之，再次搬回衙门居住。

面对潘金莲这个恶妇，武松还展现了他胆大心细的一面，尽可能地保护自己的哥哥。就在武松搬出武大家几日后，知县突然安排武松护送礼物奔赴东京，武松放心不下武大，再次来到武大家。潘金莲听闻武松要来，以为他回心转意，再次浓妆艳抹，仔细招待。没想到武松此次前来，一边心细地叮嘱武大要注意安全，早出晚归，另一边则对潘金莲旁敲侧击，警告她要"篱牢犬不入"（比喻自己品行端正，坏人就无法勾引）。潘金莲气得再次痛骂武松，两兄弟则泪眼道别。武松走后，尽管潘金莲连骂三四日，但武大偏偏只依武松的劝告，早出晚归，按时关门，潘金莲也就无可奈何，不再吵闹。

尽管武松已经考虑得足够完备，但西门庆与隔壁王婆的出现打破了他设的屏障，武大最终被奸夫淫妇残害而死。武松护送礼物回来后看到武大的灵位，十分悲痛。夜里武大托梦诉说冤屈，武松决定调查武大死因。他很快就找到了何九叔与郓哥两个关键人物，明白了事情的经过，随后去官府状告西门庆。可武松领着证人来诉冤时，方知知县与西门庆私下也有金钱往来，武松状告不成。

此次失利让武松彻底心灰意冷，他当都头时对官府的信任也土崩瓦解。失落到底的武松，决心以个人的方式解决问题，那就是大开杀戒。回到武大家后，武松假装宴请四邻，待众人吃完后，武松关上门，拿刀逼迫潘金莲与王婆交代犯罪经过，随后将潘金莲杀死。武松提着她的头，又去寻找西门庆，将他一并杀死，并将二人人头供奉在武大灵位前，然后前往官府自首。审案的府尹感于武松大义，将其罪状改轻，判脊杖四十，刺配二千里外孟州牢城。

（3）陷入施恩与蒋门神的算计

官府最终免去了武松的死刑，武大的死去也标志着武松进入了人生新阶段。到达孟州后，武松被关进监狱。在狱内，故意反抗的武松不但没有被打杀威棒，还被好吃好喝伺候着，让他感到十分奇怪。后来武松从送饭的人那里得知，是当地的小管营施恩特意吩咐照顾，武松便让人传话与施恩见面。施恩与武松见面后诉说原委，原来是他开有一座市井名曰"快活林"，多经营赌博妓院之事，收入颇丰。后来快活林被营内张团练带来的蒋忠——外号"蒋门神"给霸占了，还把施恩给打了，因此施恩想要武松替他报仇。武松自觉施恩对其有知遇之恩，自然应下了这门差事。

如果说在来到孟州之前，武松所行皆为忠义，那么替施恩出头"醉打蒋门神"则是他受到争议的开端。武松到了快活林后，大闹蒋门神的酒店，并将蒋门神打得跪地求饶，施恩重新霸得快活林。施恩与蒋门神的争斗不是正常的商业竞争，也不是正与邪、善与恶的对抗，而是一个恶霸被一个更恶的恶霸抢占了灰色利益，是一场"黑吃黑"的争斗。武松在其中扮演的，是施恩的雇佣兵、打手角色。武松当然也知道施恩是什么样的为人，做着什么样的生意，否则他也不会向众人说："你众人休猜道是我的主人，我和他（施恩）并无干涉。"（第二十九回）

武松为施恩出头的初衷，虽然自称是路见不平，但往更深一步讲，是武松在报答施恩的知遇之恩。从这个角度看，武松自然是重情重义、知恩图报的好汉。反观施恩对武松的帮助，就是为了让他当打手，采用的手段也仅是送饭、送财等小恩小惠。只是侠义的武松显然放大了这些小恩小惠的情感价值，误以为是知遇之恩，甘愿为之卖命。

武松的这种弱点很快被蒋门神等人抓住，最终导致他再次入狱。武松醉打蒋门神后，孟州守御兵马张都监看中了武松，从施恩那里接来，将他招至麾下。张都监对待武松也出手大方，不仅金银珠宝随手赏赐，还要将家里的婢女玉兰许配给武松为妻。就在武松在张都监手下如日中天时，一日府内遭贼，众人纷纷抓贼。武松一开始没有加入抓贼的队伍，《水浒传》此时特地描写了他的心理活动，他思前想后，认为应该报答张都监的知遇之恩，最终决定协助抓贼。此时意外出现，武松被其他军士当作贼人抓获。无论武松怎么喊冤，张都监像换了个面皮一样不为所动，查抄了武松的财产，并将武松屈打成招，押下死牢监狱。原来张都监和带蒋门神到快活林的张团练是同姓结义兄弟，此番陷害武松正是二人设计的圈套。

在施恩等人的运作下，武松最终被判归还赃物，脊杖二十，刺配恩州牢城。在发配恩州的路上，蒋门神暗地买通监押并指派徒弟半路杀害武松。没想到武松很快觉察出了异样，并成功将他们反制，还得知了蒋门神和张团练、张都监在鸳鸯楼喝酒的消息。在杀掉四人后，武松奔往鸳鸯楼准备复仇。

（4）血溅鸳鸯楼

被利用了的武松此番已是满心复仇，逢人便杀，最终血溅鸳鸯楼。《水浒传》对这一回的描写十分富有条理，将武松屠戮的过程完整展现：武松趁夜色摸入张都监府后花园墙外马

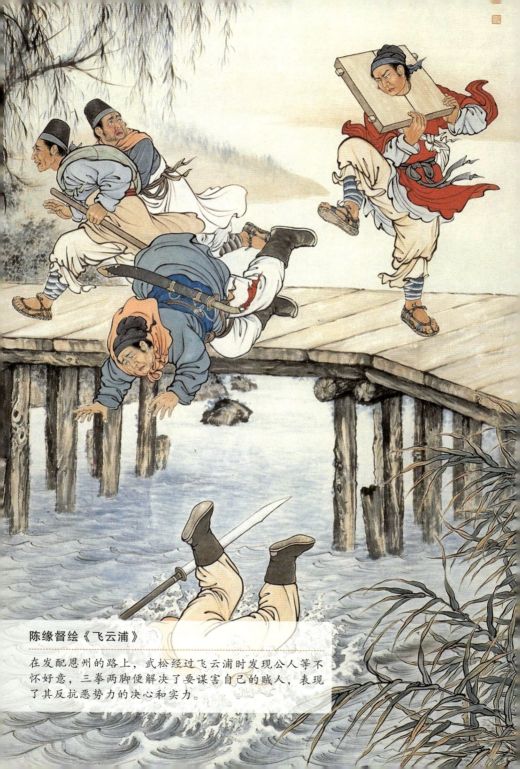

陈缘督绘《飞云浦》

在发配恩州的路上，武松经过飞云浦时发现公人等不怀好意，三拳两脚便解决了要谋害自己的贼人，表现了其反抗恶势力的决心和实力。

院，杀了后槽；又翻墙进入院内，来到厨房，杀了两个女使；随后径直来到鸳鸯楼，先一刀砍死张都监，再把张团练和蒋门神的头割了下来。杀完人后武松见桌子上还有酒有肉，居然连吃了三四钟，并在墙壁上蘸着血写下八个大字："杀人者，打虎武松也！"此时又有两个随从过来，武松顺手将二人杀死。到这里，武松已经彻底杀红了眼，"杀了一百个，也只一死"，于是提刀下楼开始了疯狂屠戮。张都监的夫人、婢女玉兰、两个小跟班、两三个妇女，全部命丧武松刀下，以至于他的刀已经砍缺了口。终于武松杀得"心满意足"，才离开鸳鸯楼。

可以说"血溅鸳鸯楼"一事，将武松凶狠却又冷静的形象传神写照。他砍到人身上的每一刀都带着强烈的复仇情绪，无论男女老少，是不是曾经的朋友，武松都没有放过，直至刀砍得缺了口。在这种浴血屠戮之间，作者笔锋一顿，特地穿插描写了他胆大冷静的一面：他杀死三人后，仿佛没事人一般，吃起了桌子上的酒肉，还连吃了三四钟。吃完后，肆无忌惮地写下"杀人者，打虎武松也！"再次掀起杀戮。整段文字的"冷"与"热"交相呼应，让读者完全沉浸在作者营造的场景之中，读罢令人不寒而栗。

所以，"血溅鸳鸯楼"的发生不是武松"激情杀人"，而是《水浒传》对武松这一形象立体化塑造的一个关键事件。金圣叹在第二十八回评点武松时曾说："看他打虎有打虎法，杀嫂有杀嫂法，杀西门庆有杀西门庆法，打蒋门神有打蒋门神法。"同样是武松杀人，侧重点却不同，只有将这些事件结合起来，才是那个英勇、冷静、重情、凶狠的武松。

写到这里，武松的故事还没结束。在后来的情节发展中，武松化身"行者"，在蜈蚣岭杀了王道人，救了被掳来的女子。在白虎山孔太公庄，他又上演了一出诙谐的"武松打狗"。落草梁山，他敢于对宋江的招安政策说不。在擒住方腊后，他放弃功名，甘愿在六和寺中做清闲道人。正如金圣叹所言，武松"绝伦超群"，称得上《水浒传》里"第一人"。

4. 鲁智深拳打镇关西为哪般

（1）鲁智深的鲁莽与机智

鲁智深是《水浒传》中的一个重要角色，他为人忠义，行事鲁莽，爱憎分明，喜欢打抱不平。鲁智深本名鲁达，做了和尚后取法名智深，绰号"花和尚"。《水浒传》中的鲁智深给我们留下了很多"名场面"，例如"拳打镇关西""倒拔垂杨柳""大闹野猪林"，等等。其中发生在小说第二回的"拳打镇关西"事件是鲁智深，乃至《水浒传》的一出精彩的开场戏。在这一事件中，《水浒传》向我们诠释了"鲁达"以及"鲁智深"的名与实。

"鲁"即粗鲁、鲁莽。鲁智深一出场，读者就体会到了他"鲁"的一面。首先是长相，所谓面由心生，《水浒传》借史进之眼为我们描绘了鲁智深的粗犷外貌。史进要去经略府寻找师父王进，途经渭州时发现这里就有经略府，于是找了家茶坊打探消息。恰巧鲁智深入店，店里的茶博士便让史进向鲁智深打听。这时史进看到鲁智深长得面圆耳大，鼻直口方，脸上长满了络腮胡，身长八尺，腰阔十围，浑身上下溢出彪悍的气息，标准的一副莽汉长相。

其次，鲁智深的种种行为也彰显出其莽撞的一面。二人交谈一番才知道，原来有两个经略府，史进要去的是延安府的老种经略府，王进在那里任职，而渭州是老种的儿子小种经略相公镇守，鲁智深就是这里的提辖。二人一见如故，相约一同去街上喝酒。路上，史进又意外遇到了自己的开手师父"打虎将"李忠。这李忠此时正在街上卖膏药，史进便邀请李忠一同喝酒，可李忠指望卖膏药生活，于是想卖了膏药再去。结果鲁智深根本不等李忠卖完，也不顾及史进情面，直接把围过来的顾客轰走，李忠敢怒不敢言，只能一同前往。

鲁莽首先要有资本，那么鲁智深的资本是什么呢？《水浒传》实际上一开始就告诉我们了，那就是他的身份地位和武功本领。鲁智深虽然只是一个小提辖，但他先后在担任经略一职的种氏父子手下任职。"经略"即"经略安抚使"一职的简称，是统管一路军政的最高官员，权力很大。所以郑屠仅靠给经略府供肉，就敢自称"大官人"。鲁智深打死镇关西后，也因为他是小种经略相公帐下之人，府尹等都不敢擅自直接抓人。此外，鲁智深的高超武艺和过人力气也是他莽撞的资本。面对阻拦金氏父女逃离的店小二，鲁智深一巴掌就把他打得吐血。更不必说后文鲁智深定制六十二斤水磨禅杖和倒拔垂杨柳之事了。

"达"即豁达、通达。鲁智深的"达"具体体现在他富有正义感，同情弱小，为人大方，不计较个人利益。他与史进、李忠三人到了酒店，坐下后听到隔壁房间有人啼哭。酒保诉说原委后，他让酒保把哭泣的二人带过来问询究竟。等酒保带人过来后，鲁智深才看到在隔壁哭的是一对父女，父亲姓金，女儿小字翠莲。鲁智深问他们二人为何啼哭，那翠莲解释道他们原来是东京人，她随同父母来渭州投奔亲戚，结果亲戚却搬到南京去了。她母亲在客店里染病去世，父女二人只能流落在此。后来有个外号叫"镇关西"的郑大官人慌称要给她三千贯钱，强行纳了她为妾。结果过门不久，钱没收到，翠莲却遭到原配正妻的欺凌，被赶了出来，还向她讨要买她的三千贯。这父女二人本就是流离失所，身无分文，又受镇关西压迫，只能靠卖唱还债。屋漏偏逢连夜雨，这两天酒店客人少，二人无钱还债又无处倾诉，只能以泪洗面。为了帮助金氏父女，鲁智深一方面答应为他们二人复仇，教训镇关西，一方面慷慨解囊，主动提议为他们二人凑盘缠。可以说，整个金氏父女诉冤一节，都是在写鲁智深的豁达与通达。

"智深"即聪明睿智。鲁智深与其他莽汉类角色最大的不同就是他的机智与心细。一般小说在写莽汉时，为了突出角色的粗鲁，往往刻意仅仅表现粗心莽撞。但《水浒传》在写鲁智深时却反其道而行之，写他鲁莽之余还要写他机智心细。在营救金氏父女的过程中，鲁智深就处处以胆大心细示人。他先是凑了十五两银子给父女二人作盘缠，然后担心店家为难，第二天天刚微亮就来酒店护送二人启程。果不其然，店小二拦着父女二人讨要赎金不让走，鲁智深将那店小二打得吐血掉牙，两人匆忙离开。离开后鲁智深还担心店小二赶去拦截，特地"向店里掇条凳子，坐了两个时辰，约莫金公去得远了，方才起身"（第二回），确保了父女二人的绝对安全。

在与郑屠的交手中，鲁智深也表现出机智的一面，巧逼郑屠就范。安排好金氏父女后，鲁智深做的第一件事就是来到状元桥教训郑屠。以郑屠的地位与武功，自然入不了鲁智深的眼，因此鲁智深大可以直接教训他。但这样不足以让鲁智深出恶气，他偏要像猫捉老鼠一样，明明能轻而易举地咬死，却要戏耍折磨口中的猎物。鲁智深先是打着经略大人的旗号，要十斤不带任何肥肉的精肉，还要郑屠亲自去切，不让手下帮忙。郑屠切好后，他又要十斤没有精肉的肥肉，也要郑屠亲手切碎。鲁智深打着小种经略相公的旗号，郑屠无法发作，只能照办，否则理亏。肥肉也切好了，鲁智深并没有善罢甘休，而是又要了十斤寸金软骨，既要剁成臊子，还要不带一些肉。如果说之前的精肉、肥肉还能解释为做馄饨或其他菜，那么用不带肉的软骨剁臊子，纯粹就是在刻意刁难了。忍无可忍的郑屠与鲁智深厮打起来，不过二者实力悬殊，镇关西几下就被鲁智深打死了。打死郑屠后，鲁智深没有像杨志一般坦率前往官府自首，而是巧施话术，指责郑屠诈死，逃离了现场。回到住处后，《水浒传》写鲁智深"急急卷了些衣服盘缠，细软银两，但是旧衣粗重都弃了；提了一条齐眉短棒，奔出南门，一道烟走了"，全身而退。（第二回）

可以说《水浒传》给鲁智深安排的出场戏是很成功的，在整个"拳打镇关西"事件中，鲁莽中透露着机智，豁达中带有计较，都是他独特形象的展现。

（2）鲁智深亦"侠"亦"佛"

读者在"拳打镇关西"一回中，对鲁智深感受最深的，应当就是他有着一颗锄强扶弱、伸张正义之心，这也是他拳打镇关西的直接原因。鲁智深与金氏父女并不相识，身份地位也悬殊。如若攀起关系来，郑屠因为给经略府供肉，似乎

［美］赛珍珠《水浒传》
译本插图"鲁提辖拳打镇
关西"

关系还更近一些，金氏父女只是漂泊在渭州的流民。如若计较利益，郑屠是卖肉的大户，手下雇佣着十几个员工，鲁智深敲诈他一笔钱也不是不可能，金氏父女不仅身无分文，还欠着一屁股债。可以说无论哪种角度来看，鲁智深帮助二人都是稳赔不赚的"买卖"。事实也证明，鲁智深不仅搭上了银子，还葬送了自己的前程。但鲁智深最让人敬佩的地方就是他有着行侠仗义的信念，在听闻金氏父女二人的悲惨遭遇后，毅然选择站出来主持公道。《水浒传》还特地在细节处着笔，说鲁智深回家后气愤得饭也不吃，觉也没睡好，天刚亮就出去为二人讨要说法。

在后文中，《水浒传》也多次写了鲁智深伸张正义之举。例如，在桃花村痛打了强抢民女的周通、在野猪林救下了流放途中的林冲，等等。所以金圣叹在评价鲁智深时就说："写鲁达为人处，一片热血直喷出来，令人读之，深愧虚生世上，不曾为人出力。"（第二回总评）盛赞鲁达的侠者胸怀，认为他是《水浒传》中的"上上人物""人中绝顶"。

历来对鲁智深的评价中，以李贽的"佛"说最为知名。尽管鲁智深为逃避官府追捕在五台山出家为和尚，但他从不恪守

（清）孙石绘鲁智深

佛家的清规戒律，饮酒打架更是家常便饭。可是就是这么一个"花和尚"，李贽却直言他是"真佛""真菩萨"，这是为何呢？其实鲁智深在《水浒传》中表现出来的率性而为、不拘小节，正契合了李贽"狂禅"思想中的"自在"。在"拳打镇关西"一回中，《水浒传》刻意交代了鲁智深两次吃饭喝茶"不给钱"。从他自掏腰包给金氏父女路费五两银子我们知道，鲁智深并不缺钱，而是有钱也不给。这当然不是鲁智深霸道，而是他为人豪爽、不拘小节的一种表现，是对于店家信任与同样豪爽的认可。所以鲁智深赊账后，店家也说："提辖只顾自去，但吃不妨，只怕提辖不来赊。"而对于扭扭捏捏掏出二两银子的李忠，鲁智深直接将他的钱"丢"了回去。当了和尚后，鲁智深的这种率性而为更加明显，他刻意破坏清规戒律，喝酒吃狗肉，在大殿外随意大小便，这种"自在"的行为让李贽多次直赞"直性"，因此视之为"佛"。鲁智深最终听着钱塘江大潮坐化，留下遗颂："平生不修善果，只爱杀人放火。忽地顿开金绳，这里扯断玉锁。咦！钱塘江上潮信来，今日方知我是我。"（第一百十九回）也证明了他的佛性灵根。

四 《水浒传》好在哪里

《水浒传》究竟是一部什么性质的书？自从它问世以后，一直就有不同的意见。肯定者认为《水浒传》表现的是忠义思想，梁山英雄们做的是"替天行道"的好事，李贽的观点最有代表性；而否定者则认为这是一部教人做强盗的书，是"诲盗"之作，因为《水浒传》的确影响到后世无数的会党组织和游民团体，他们结伙聚众造反，扰乱社会秩序，这最早是明朝的左懋第提出来的。他认为《水浒传》败坏世风，应该禁毁。辛亥革命到"五四"运动时期，《水浒传》这类白话小说得到重视，被捧上正宗文学作品的宝座。20 世纪 50 年代，当时的国内文学评论界普遍认为《水浒传》是描写农民起义的，甚至说它是农民起义的教科书。到 20 世纪 70 年代中期，中华大地上出现了全民评《水浒》热潮，当时对《水浒》以及宋江的评价由云端跌落至谷底，家家批《水浒》，人人骂宋江。于是乎便把"只反贪官，不反皇帝"的《水浒传》认定为一部宣扬投降主义的小说，是一部反面教材，并借用鲁迅的评语强化此说："一部《水浒》，说得很分明：因为不反对天子，所以大军一到，便受招安，替国家打别的强盗——不'替天行道'的强盗去了。终于是奴才。"(《流氓的变迁》)其实《水浒传》的确"好就好在投降"，因为这种处理顺应了历史发展的必然趋势。

1. 有力表现了大众的意志

《水浒传》通常被评价为一部正面反映和歌颂农民起义的小说，其实小说中真正意义上的农民大概只有"三阮"兄弟及陶宗旺几个人，应该说小说更多反映的是市民阶层的人生向往，因此它是中国第一部具有一定市民意识的、以江湖游民起义为题材的长篇章回体小说。

用封建统治者的眼光来看，梁山上的人当然只能算是盗贼流寇之流。小说要公开歌颂这些盗贼流寇，并为社会所接受乃至喜爱，首先必须为他们的行为提出一种至少在某种程度上合乎社会传统观念的解释（哪怕这种解释不可能圆满和充分），赋予这些英雄好汉一种为社会所普遍认可的道德品格，然后在这样总的前提之下，来描绘他们的反抗斗争。梁山泊那一杆杏黄旗上写着的"替天行道"的口号，和梁山议事大厅的匾额所标榜的"忠义"这一准则，就是作者为梁山事业所设立的道德前提。

在通常情况下，"天"这一居于人间权力之上的最高意志，总是被解释为佑护朝廷的；"道"作为合理的政治原则与道德原则的抽象总和，也是为统治阶级所专有。但中国文化传统中向来也承认：当一个时代的政治出现严重问题时，政权本身的行为也可能是"违天逆道""大逆不道"的。在这种情况下，由另一种力量出来"替天行道"，至少在表面的理论上可以说得通。而《水浒传》正是通过大量揭露北宋末年政治的普遍黑暗现象，证明了梁山好汉"替天行道"的必要性与合理性。

"忠义"是梁山好汉行事的基本道德准则，作为一个完整的概念，它属于传统道德的范畴。说起"忠"，首先和主要地表现为对皇帝与朝廷的忠诚，甚至梁山义军的武装反抗、攻城略地，也被解释为"忠"的表现——"酷吏赃官都杀尽，忠心报答赵官家"（第十八回）。"忠"的道德信条既是作者无法跨越的界限，也是这部小说在皇权时代能够存在和流传的保障。

"替天行道"和"忠义"的前提，为《水浒传》蒙上一层社会所能够接受的道德正义色彩。在这种前提下，这部小说确实包含了许多与正统观念相一致的东西，不仅仅是对朝廷、对皇帝的"忠"，诸如对清明政治的诉求，以及对奸夫淫妇的仇恨，也莫不如此。但《水浒传》并不因此而失去它的光彩。在这些前提下，同时也包含了许多与正统观念完全不一致的东西。小说不仅深刻地反映了社会现实，而且反映了民间，尤其是市井社会生气勃勃的人生理想。

在"替天行道"的堂皇大旗下，作者热烈地肯定和赞美了被压迫者的反抗和复仇行为。梁山好汉一开始并不是出于纯粹的主持正义的目的而"替天行道"的，他们大多本身是社会"无道"的受害者。武松欲为兄伸冤，却状告无门，于是拔刃雪仇，继而在受张都监陷害后，血溅鸳鸯楼；林冲遇祸一再忍让，被逼到绝境，终于复仇山神庙，雪夜上梁山；解珍、解宝为了索回一只他们射杀的老虎，被恶霸毛太公送进死牢，从而引发顾大嫂一众人劫狱反出登州……李逵虽然不断被他的宋江哥哥所斥责，但作者毕竟还是让他再三发出彻底推翻朝廷的吼声。可以说，人民的反抗与复仇权力，从未像在《水浒传》中这样得到有力的伸张。《水浒传》的全称是《忠义水浒传》，另有一个别名叫《英雄谱》（与《三国演义》合刻）。对一般读者来说，小说中的英雄气质才是最能够吸引他们的东西。

2. 生动描绘了一幅平等世界的素朴蓝图

《水浒传》对梁山这一虚构的小社会性质的描述，也流露出比较明显的新兴市民意识。梁山大聚义排座次之后，作者曾在第七十一回热情地赞颂道：

八方共域，异姓一家。天地显罡煞之精，人境合杰灵之美。千里面朝夕相见，一寸心死生可同。相貌语言，南北东

容与堂本《水浒传》"解珍解宝双越狱"

猎户出身的解珍、解宝两兄弟，因为一只老虎，便被恶霸勾结官吏置之死地，可谓良家子民被逼上梁山的典型代表。

西虽各别；心情肝胆，忠诚信义并无差。其人则有帝子神孙，富豪将吏，并三教九流，乃至猎户渔人，屠儿刽子，都一般儿哥弟称呼，不分贵贱；且又有同胞手足，捉对夫妻，与叔侄郎舅，以及跟随主仆，争斗冤仇，皆一样的酒筵欢乐，无问亲疏。或精灵，或粗卤，或村朴，或风流，何尝相碍，果然认性同居；或笔舌，或奔驰，或偷骗，各有偏长，真是随才器使。

这种带有空想性质的社会图景，与农民的社会理想、农民起义的政治组织有明显的区别。这里人员成分复杂，从事的职业五花八门，甚至偷骗也可以作为谋生技艺，社会具有开放的特点，因而充满着活力；这里没有长幼之序、尊卑之分，摆脱了农业社会的宗法意识，也摆脱了实际的农民起义组织中所不可能没有的等级制度。虽然这个社会本身是虚构的，但在其背后却明显存在着商业经济中形成的平等观念和传统道德意识的微妙变化。再看小说中大量描写到的城市景象、商业活动，以及所表现出的对商人的某种尊重，都可见作者的理想是有其现实基础的。

还有一点值得注意的地方：小说中再三表现出对"大头巾"——褊狭而虚伪的儒者——的憎恶。这既与作者身具才华而流落江湖的文人的经历有关，同时也反映了市民社会对抑制人欲、扭曲人性的假道学、伪君子所代表的传统道德的反感。"大头巾"在明代成为假道学的通称，而像李贽等进步文人攻击这一类人物，也仍旧是因为其心胸褊狭，言行不一。

近代以来，不少文学评论家都给予《水浒传》高度的礼赞。梁启超在《小说丛话》中曾说："《水浒》《红楼》两书，其在我国小说界中，位置当在第一级，殆为世人所同认矣。"若《水浒》，"吾以为此即独立自强而倡民主、民权之萌芽也"。眷秋在《小说杂评》中也说："吾国数千年来，行专制之政……民权发达之思想，在吾国今日，独未能普及，耐庵于千百年前独能具此卓识，为吾国文学界放此异彩，岂仅以一时文字之长，见重于后世哉！"王钟麒在《论小说与改良社会之关系》中也说道："吾尝谓《水浒传》，则社会主义之小说也。"他在《中国三大小说家论赞》中补充说："生民以来，未有以百八人组织政府，而人人平等者。有之，惟《水浒传》。……观其平等级、均财产，则社会主义之小说也。"虽有过誉之词，但的确看到了新兴市民意识的觉醒。

3. 作为大众文化的一种反思

中国传统文化中有一类是精英文化，还有一类是大众文化。作为意识形态的精英文化固然对中华民族的文化心理产生了根本性影响，然而大众文化在民间更有着广泛市场，其作用在不同层面不一定比精英文化小。不论是作为大众文化代表的《三国演义》《水浒传》等，还是作为精英文化代表的《论语》《孟子》等，其影响都有积极和消极的两面。假如对传统的经典只看到它们消极落后的一面且加以无限放大，那么都可以付之一炬。文学经典也是一样，本身就蕴含着丰富智慧和人性光辉，其优秀精神至今仍能对社会进步和文化建设起到一定的积极作用，关键是我们如何正确认识它、阐释它，积极地发掘它、弘扬它。

《水浒传》是一部长篇英雄传奇小说，约成书于元末明初。它与《三国演义》在叙事传统和成书方式上有共同点：一是在流传中都受了宋元时期"说话"艺术的重要影响，《三国演义》来自"讲史"一类，《水浒传》来自"小说"中的公案一类；二是都以历史上的真实事迹为本事，是集体创作的产物。

所谓集体创作，实际上是民间说书艺人和社会底层文人共同创作的作品。其价值取向来自民间，体现的是普通百姓或市民阶层的审美趣味。最典型的代表就是《水浒传》。

《水浒传》的故事当然是源于北宋末年的宋江起义，这在《宋史》里有简略而明确的记载。宋江等人的事迹很快演变为民间传说。南宋人龚开作《宋江三十六赞》记载了三十六人的姓名和绰号。又据同为南宋人罗烨的《醉翁谈录》记载，当时已有《石头孙立》《青面兽》《花和尚》《武行者》等说话名目，显然是一些分别独立的水浒故事。《大宋宣和遗事》也有一部分内容涉及水浒故事，从杨志等押解花石纲、杨志卖刀，依次述及晁盖等智劫生辰纲、宋江私放晁盖、宋江杀阎婆惜、九天玄女授天书、三十六将共反、张叔夜招降、宋江平方腊封节度使等情节，虽然像是简要的提纲，却已有了一种系统的面目，像是《水浒传》的雏形。而元代兴起的杂剧中也有相当数量的水浒戏，它们于水浒故事有所变化和发展，李逵、宋江、燕青的形象已相当生动。

总而言之，自宋元之际始，水浒故事就以说话、戏剧为主要形式，在民间愈演愈盛，它显然投合了老百姓崇拜英雄、惩治黑恶势力、替天行道的心理诉求。这些故事虽然分别独立，相互之间却有内在的联系。《水浒传》的作者就是在这样的基础上，创作出一部杰出的长篇小说。现在所知其最早的版本就叫《忠义水浒传》，真正体现了元末明初普通大众的普遍心理诉求：回归儒家正统，呼唤英雄出现，惩治贪官污吏，挽救社稷苍生。这是一种大众文化的产物。

大众文化与精英文化是相对存在的两种文化形态。大众文化是随着城市经济的繁荣，市民阶层的兴起、发展壮大而逐步兴盛起来的一种文化。它从根本上改变了中国文化的传统格局，积极影响了国民人格塑造和社会发展面貌，最典型的就是《三国演义》和《水浒传》的出现。

像《水浒传》这一类的大众文化产品，会引发多重社会效应和多种不同的评价、议论，甚至促使人们不能不去思考它的价值取向、社会效应问题。《水浒传》的影响巨大而广泛，几百年来，其具有反抗意识、乐观精神和理想化的英雄一直为人所津津乐道，鼓舞着被压迫者的反抗斗争。它形象而生动地描绘了这场起义从发生、发展直至归于失败的全过程，深刻揭示了起义的社会根源，满腔热情地歌颂了起义英雄的反抗斗争和社会理想，也鲜明揭示了起义失败的内在逻辑和历史的宿命。作者严格遵循着"以文运事"（金圣叹语）的现实主义笔法，写出了这些"忠义"之士最终归于覆灭的全过程，其实在某种程度上也传达了对腐败朝廷的这种"忠"和"义"是否可取的态度。

4. 英雄精神成为民族文化财富

《水浒传》成书已有几百年了，直到今天它仍被视为代表中国优秀传统文化的经典著作。经典具有永恒性，它能超越时间的限制，在每个时代都引起人们内心深处的共鸣。可以说，《水浒传》所蕴含的丰富内涵，早已成为中华传统文化中一个

二刻英雄谱本《水浒传》"大破连环马"

呼延灼奉命攻打梁山，好汉们被其摆出的连环马阵所败。听说钩镰枪可以破连环马，吴用等便设计诱使会使钩镰枪的徐宁上山，教众将和士兵们钩镰枪法，最终杀得呼延灼落荒而逃。

独特的符号和形象，是民族文化中的一种精神财富。所以，《水浒传》在当代所体现的文化价值仍然具有重要的意义和作用。

《水浒传》文化的核心，在于书中展现出来的梁山英雄精神。这一百零八位好汉出身不同阶层，性格迥然有别，他们之所以能齐聚梁山，成就一番伟业，正是因为他们有着相同的梁山英雄精神，有一致的信念目标。梁山英雄精神的核心在于"忠义"二字，具体表现为忠君爱国、行侠仗义、锄强扶弱、谨守孝悌、患难与共等方面。这些精神正是中华民族优秀道德品质的展现，是刻在中华民族基因里的道德准则，也与当代社会所提倡的爱国、友善、和谐等社会主义核心价值观相契合。

一颗忠君爱国之心，是梁山英雄们选择上山的主要原因。他们多为奸臣贼人所害，被迫离家出走，落草到了王土之外的梁山，委身自保。在梁山，他们不受官府的管辖，拥有自己的军队，即使朝廷派兵围剿也拿他们无可奈何。他们团结起来为正义事业奋斗，惩恶扬善，彰显出无畏的反抗精神。在《水浒传》中，梁山完全成了独立于朝廷管辖之外的乌托邦式的乐土。不过，即使梁山已然足够强大，有能力原地称王，但他们依然坚守"替天行道"的行动纲领，想要"为臣辅国安民，去邪归正"，最终实现被朝廷招安的目标。这是梁山英雄们与同样土匪出身的方腊最显著的区别，也是水浒故事能够由宋至今不断传播的重要原因。"溥天之下，莫非王土；率土之滨，莫非王臣""位卑未敢忘忧国"，《水浒传》的流行正是中华民族向往强大国家的爱国之心的体现，也映照出我们由古至今、一脉相承的强大的民族向心力与民族凝聚力。

路见不平一声吼，梁山英雄们的侠义精神是中华民族优秀传统文化的展现。如果要以一个词来概括梁山英雄，那么侠客是最贴切的指称。这些英雄武艺高强，讲究义气，热衷于行侠仗义，锄强扶弱，相互之间有福同享、有难同当，正是侠义精神的集中体现。司马迁在《史记·游侠列传》中将侠分为三类："古布衣之侠，靡得而闻已。近世延陵、孟尝、春申、平原、信陵之徒，皆因王者亲属，藉于有土卿相之富厚，招天下贤者，显名诸侯，不可谓不贤者矣。比如顺风而呼，声非加疾，其势激也。至如闾巷之侠，修行砥名，声施于天下，莫不称贤，是为难耳。"按照司马迁的分法，显然《水浒传》中的梁山英雄如卢俊义、柴进、宋江等可比之"卿相之侠"，鲁智深、武松、李逵等当属于"闾巷之侠"。因此我们看到《水浒传》中的卿相之侠们广行仁义，招揽天下英豪，不计个人得失，甚至因为救济其他兄弟而失去官职，被贬流放，可谓"兼济天下"。那些闾巷之侠虽身居社会底层，却敢于在他人遇到危险时路见不平，拔刀相助；遇到知己时，也愿意舍身相救，两肋插刀。梁山英雄们的这种侠义精神，正是一个互助型社会所需要的精神支撑，也是维系社会稳定的重要纽带。

在《水浒传》中，我们还能看到这些英雄除骁勇之外温柔敦厚的一面。他们谨守孝悌之道，在落难时首先想到的是安顿好父母，在发达后第一时间接父母到跟前享福。对待兄长，他们毕恭毕敬，视兄如父，鞍前马后。他们也有七情六欲，向往大碗喝酒、大块吃肉的生活，但在困厄时，却又表现出乐观幽默、安贫乐道的一面。虽然他们被视为梁山英雄，但每个读者都能在他们身上找到共鸣。《水浒传》作为优秀传统文化的代表，在今天仍然发挥着怡情养志、涵育文明的重要作用。

五 《水浒传》的回声释疑

1. 为什么说"少不读《水浒》"

（1）正确认识《水浒传》中的暴力

《水浒传》的经典地位是无可撼动的，尤其是书中那些经典篇目，诸如"智取生辰纲""武松打虎"等，已被选入义务教育阶段的教材，成为年轻学子们必读的经典。当然随着社会的发展和人们观念的变化，诸如青少年是否该读《水浒传》这部小说，也引发了某些争议。昔日坊间就有"少不读《水浒》，老不读《三国》"的说法，意思是青少年不要去阅读《水浒传》，老年人不要去读《三国演义》，因为这两部小说可能会带来负面影响，会让人学坏。

果真是这样吗？从近几年报道的社会新闻中，我们似乎能窥见一些端倪。例如近年有网友在某省政府网站留言，建议将《水浒传》相关内容从中小学课文和课外读物中删除，自称"对中小学选此书内容作课文深感不安"，认为"此书恶毒污蔑丑化女性""情节极其不合逻辑""无原则歌颂滥杀无辜"，等等。以当代社会的价值观来看，描写暴力、贬低女性，是《水浒传》真切存在的问题。尤其对于青少年读者而言，在正确的是非观、价值观形成之前，的确容易产生不良影响。

《水浒传》在中国文学史上具有崇高的思想和艺术价值，其当代文化价值也是毋庸置疑的。20世纪70年代中期乃至近几年，都曾有一股企图否定《水浒传》的风气，这不能不引起我们的关注。至于《水浒传》中体现出来的那些"负面影响"，很多学者都进行过批判。在20世纪末盛行的文化批判热潮中，以刘再复在《双典批判》中对《水浒传》"崇拜暴力"的批判最具代表性。刘再复一方面赞同《三国演义》和《水浒传》是"非常杰出、非常精彩的文学作品，不愧是文学经典"，一方面又指责：这两部经典，一部是暴力崇拜，一部是权术崇拜，都是造成心灵灾难的坏书。可怕的是，不仅过去，而且现在仍然在影响和破坏中国的人心，并化作中国人的潜意识继续塑造着

钟伯敬评本《水浒传》"梁山泊好汉劫法场"

中国的民族性格。现在到处是"三国中人"和"水浒中人"，即到处是具有三国文化心理和水浒文化心理的人。可以说，这两部小说正是中国人的地狱之门。(《双典批判》)除了"崇拜暴力"之外，"造反有理""欲望有罪"等问题同样被视为《水浒传》的症结，继而刘氏认为这两部著作在中国人的民族性格塑造中产生了较大的"负面影响"。

社会上经常有人讲，真正影响中国世道人心的书，不是政治、哲学、历史经典，也不是从西方翻译过来的各种经典，而是《水浒传》和《三国演义》。甚至有政协委员曾积极提议：《水浒》这样的电视剧应该禁播，《水浒》是旧时代的名著，与我们时代不适应，与"维稳"有冲突，等等。

《水浒传》中的"暴力"体现在何处？首先是作品中充斥着暴力场景的描写。这其中不乏一些被我们视为经典的情节，例如武松杀潘金莲、血溅鸳鸯楼，鲁智深拳打镇关西，李逵江州劫法场、摔死小衙内，孙二娘的人肉包子店等，常被批评者拿来指摘梁山一伙人的血腥与残暴。其次是《水浒传》对于暴力行为的宣扬。暴力似乎是解决所有问题的便捷途径。我们今天的法律所明令禁止的抢劫钱财、打架斗殴、持械伤人、聚众互殴等行为，恰好是《水浒传》中梁山等人的行事法则。他们没有任何法律意识，讲究的是江湖规矩。这种快意恩仇的价值观，对于尚未真正踏入社会，正在建立当代社会文明法则的青少年来说，无疑是更有吸引力的，也更热衷于模仿。而对于受过一定教育，更具有规则意识和社会经验的成年人来说，这些行为完全是不可接受的。

不过要提醒各位读者的是，以上所有的讨论都是建立在"当代价值观"的大前提之下，以一个现代文明人的视角来指责或否定《水浒传》的。可对于一本在宋代就已经有故事原型，流传至元末明初而成书的文学名著来说，以现代人的视角去衡量批判其价值倾向，本身就是一个值得商榷的问题。

孟子曾对万章说："颂其诗，读其书，不知其人，可乎？是以论其世也。"（《孟子·万章下》）对今天的读者而言，"知人论世"更是阅读古代文学作品尤为重要的法则。《水浒传》这本书的形成过程一直具有极强的平民属性或市民色彩，在早期故事的形成阶段，刻意渲染惊奇、血腥、暴力等元素是说话艺人招徕听众的重要手段，这些元素后来被小说文本继承自然顺理成章。今人视为血腥、暴力的诸多情节，在古代也不是什么大逆不道的事情，甚至很多文学作品都有类似情节。所以陈寅恪也说对待古人要有"了解之同情"，不然"数千年前之陈言旧说，与今日之情势迥殊，何一不可以可笑可怪目之乎？"（《审查报告一》）

"诲盗"说自《水浒传》产生之日起就已经存在了，完全是错误的理解。错误的原因很简单：一是立足点的问题，这些人多半是站在朝廷或上层那些作威作福的统治者的立场，而不是站在下层、被欺压的弱势群体的立场来看问题；二是方法论方面的问题，这些人把次要的、局部的矛盾无限放大，而对主流价值倾向视而不见。若为了"维稳"要禁《水浒传》，那么"扫黄"就应该禁《金瓶梅》《牡丹亭》，"反分裂"则应该禁《三国演义》，为"统一信仰"是否就得禁《西游记》？数到最后，中华文化经典也就所剩无几了，那才是真正的民族虚无主义。

当然我们还应该强调的是，《水浒传》终究是一部文学作品，是小说体裁。对待这样一部经典，还是要以文学作品的视角来解读。《水浒传》有着极高的文学价值，这也是它能流传至今、被视为经典的重要原因。以鲁智深"拳打镇关西"为例，《水浒传》在这一回中着重描写了鲁智深拳打镇关西的场景，此回内容也被选入多部教材之中。作者通过对殴打原因的交代，殴打时形象生动的"三拳"描写，将鲁智深的动作与镇关西的感受比作具象的味道、色彩和声音，让读者有身临其境之感，读完后酣畅淋漓，大呼过瘾。如若以道德审判视之，这一回的内容无疑是血腥与暴力的。可是读者在读及此处时，丝毫不会有恐惧、效仿之心，反而会对镇关西的恶行深恶痛绝，对鲁智深的善举大为称赞。同样的情节还有武松杀潘金莲、李逵杀李鬼等，如果将杀人这一行为单拎出来，《水浒传》当然是暴力的。可是将这些情节放入整部文学作品之中，读者都会被武松和李逵二人对亲情的重视所感动，也会在心中构建起一个更加立体的人物形象。这也是为什么《水浒传》明明有这么明显的"道德问题"，却仍被视为文学经典世代传颂的根本所在。

（2）《水浒传》的教育意义

作为一部古代文学经典，《水浒传》对于青少年读者有着重要的教育意义。在书中，青少年可以体会到梁山英雄们的忠诚、勇敢和正义，这些优良的品质在当代社会显得尤为珍贵。物欲横流的时代，我们看到很多人推崇利己主义，只讲个人利益，不愿意为他人牺牲。于是老人倒在大街上没人敢扶，遇到小偷没人敢制止。社会上欠缺的，恰恰就是《好汉歌》中唱的"该出手时就出手"的英雄。对于青少年而言，阅读《水浒传》，体会梁山英雄精神，正是健全人格，改善当代社会风气的有效途径。

对于青少年读者，加强阅读引导，实现批判性阅读，是发挥《水浒传》教育价值的关键。如果只是因为有"暴力""血腥"等就一弃了之，或者干脆出一套"洁本"，都是治标不治本的举措。正如前文所提倡的，以"知人论世""了解之同情"的态度来对待《水浒传》，告知他们什么是对的，什么是错的，偏听则暗，兼听则明，以批判性阅读的方式学习《水浒传》，方能真正体会到其价值所在。当然，我们的社会也应该对青少年的判断力充满信心。他们从小看《西游记》，看妖怪们要吃唐僧肉，孙悟空拿着金箍棒打妖精，但里面的"酒色财气""贪嗔痴"，从来不是他们关注的焦点。因为这些负面的欲望正衬托出唐僧师徒的诸多优秀品质，让他们自觉意识到要像唐僧一样为了信念坚持不懈，像孙悟空那样为了正义战斗到底。

2. 为什么有些读者不喜欢宋江

（1）金圣叹"独恶宋江"

《水浒传》一百零八位好汉中很多都有英雄的品质，每人都有自己独特的性格，正像金圣叹在《读第五才子书法》中所说："《水浒传》写一百八个人性格，真是一百八样。"他们侠肝义胆，爱憎分明，敢打天下不平，"禅杖打开危险路，戒刀杀尽不平人"（《水浒传》第二回）。但有些读者唯独不喜欢宋江，包括金圣叹也是"独恶宋江"，这是为什么呢？

原因当然有很多，常见的说法包括：有的说他是愚忠、老想着朝廷招安，最终使梁山"替天行道"的大旗"偃旗息鼓"，有的说他出卖兄弟，还有的说他要手段，使阴谋害人，等等。

其实宋江想方设法让朝廷招安的思想，是符合历代农民或江湖游民起义发展规律的。历史上的各种造反聚义，最终的归宿无非有三种形态：改朝换代，如隋末的李渊、元末的朱元璋等，李渊建立了唐朝，朱元璋建立了明朝，都成了新朝的统治者；若那些人造反起义失败，或功败垂成，那就自然成为历史上的"贼寇"，所谓"成者王侯败者贼"；第三条路就是被招安，加入朝廷"正规军"，成为一份子，为朝廷效劳，如第四十一回九天玄女嘱咐宋江所说："为主全忠仗义，为臣辅国安民。"梁山一百零八将的归宿也是历史的必然选择。当然这也充分体现了《水浒传》作者是严格遵循历史唯物主义和现实主义笔法的，以致最后不得不给水浒英雄们一个个安排悲剧的下场。

（2）忠义成为一种悖论

北宋末年，当腐败的朝廷无力抵御北方外族的入侵时，各地"忠义军"风起云涌，朝廷亦不得不颁布忠义巡社制度。《水浒传》故事在民间流传，则越来越清楚地被涂上"忠义"的色彩。元代的水浒戏普遍把宋江写得有别于方腊等人："则俺那梁山泊上宋江，须不比那帮源洞里的方腊"（李文蔚《同乐院燕青博鱼》），"忠义堂高搠杏黄旗一面，上写着'替天行道宋公明'""梁山泊上多忠义"（佚名《争报恩三虎下山》）。《水浒传》作者就是沿着这一长期形成的思维格局写成了一部《忠义水浒传》。作者在立意时特别强调了"忠义"二字，并将"忠义"思想贯穿于《水浒传》始终。

就古代社会的士人来说，忠君报国，光宗耀祖，造福一方，名留青史，这才是正统思想、主流价值。一个人，不论是靠科举入仕，还是习武建功，只要能混上一官半职，能为朝廷办事，为皇帝出力，那就是荣耀，那就是正道。所以宋江这些人才会提出"只反贪官，不反皇帝"的口号来。宋江认为，只有招安之后，才能更好地为百姓出力，兄弟们才能有个好的名声，才能光宗耀祖，才能为天下谋福利。按照这个价值观来看，宋江的投靠朝廷、接受招安，当然是合情合理的。小说写宋江在陈桥驿发现一军校杀了宋徽宗派来的官员，边哭边说道："他是朝廷命官，我兀自惧他，你如何便把他来杀了！……我自从上梁山泊以来，大小兄弟不曾坏了一个，今日一身入官所管，寸步也由我不得。虽是你强气未灭，使不的旧时性格。"这军校道："小人只是伏死。"（第

驛橋

呷保義滴淚斬小卒

容与堂本《水浒传》"呼保义滴泪斩小卒"

八十三回）宋江最后不得不让军校自杀，这当然也是一种无奈的选择。

宋江为何要带领众弟兄投靠朝廷、接受招安？宋江给出的解释冠冕堂皇：为梁山弟兄谋出路！当然也许有人会说：卢俊义、徐宁、秦明、安道全等人本来好好地过着太平日子，硬被拉上山落草，难道这也是为他们谋出路吗？其实这也不难理解，依然还是为了梁山事业或梁山众弟兄的生存环境有个根本性改变。

宋江这一艺术形象在中国文学史上有着重要意义，也有深刻的文化价值。通过宋江的活动事迹，我们可以更清楚地了解、认识中国传统文化的基本精神和价值趣向。

3. 为什么读者都喜欢鲁莽的李逵

（1）李逵的"搞笑"人设

要问《水浒传》中哪个人物最可爱，李逵绝对在候选名单之列。在元代水浒戏中，以李逵为主角的剧目不在少数。在

《水浒传》小说中，李逵作为宋江最亲近的人，也是作品重点描写的角色之一。有意思的是，《水浒传》中的李逵虽然是天杀星转世，以杀戮为使命，但读者却并不在意他的残暴，反而一味称赞他活得"真实"与"搞笑"。

我们且看《水浒传》对李逵的人物形象设定：外号"黑旋风"，祖籍沂州沂水县，因在家乡打死了人逃出来，流落江

［美］赛珍珠《水浒传》
译本插图"李逵"

州，跟随戴宗在牢里当一个小牢子。李逵为人粗鲁，酒性不好，能打好斗，不知礼节。在初见宋江时，口无遮拦的他张嘴就问"这黑汉子是谁"，让人哭笑不得。当得知面前的人是宋江后，李逵又心存怀疑："若真个是宋公明，我便下拜。若是闲人，我却拜甚鸟。"在得到宋江的肯定回答后，李逵一转态度，拍手叫道："我那爷！你何不早说些个，也教铁牛欢喜！"扑翻身躯

便拜。就此相识后，宋江询问李逵为何在楼下发怒，李逵撒谎说自己想借酒楼主人十两银子赎回一锭大银遭到了拒绝，于是就与他们发生了纠纷。宋江在得知后立即掏出十两银子给李逵，李逵谢过离开。此时戴宗告知宋江，原来李逵贪酒好赌，钱早已输光，此番拿了他的钱又去赌了。故事到这里，李逵的出场戏完成了第一个场景。（第三十七回）

在这个场景中，《水浒传》以宋江的视角为我们描绘了一个生动的李逵形象。他身似铁牛黑熊，喜爱喝酒却酒性不好，为人直爽却偶尔说谎。《水浒传》对李逵说谎情节的安排尤为巧妙，作为一个长相粗犷的莽夫，作者并没有一开始着重表现他的武力惊人或打抱不平，而是先写他因借钱不成与人争吵，见到闻名遐迩的宋江后居然把小算盘打到了宋江头上，实在有趣。金圣叹在第三十七回批道："写李逵粗直不难，莫难于写粗直人处处使乖说谎也。彼天下使乖说谎之徒，却处处假作粗直，如宋江其人者，能不对此而羞死乎哉！"说谎的精髓在于伪装，伪装的最高境界是能将谎言隐藏在看似真实、简单、清晰的故事中，也就是金圣叹所说的"假作粗直"，因此要求说谎者有较强的语言表达能力与思维深度。反观李逵的谎言实在难言高级，将一锭大银解了十两小银，还要再找店家借银赎回，这怎么会骗得了宋江？而宋江的精明之处就在于并不点破李逵的谎言，干脆将计就计借给他十两银子让他赎回，因此金圣叹说："十两银买一铁牛，宋江一生得意之笔。"一个是真假直故作精明，一个是真精明故作假直，来去之间就把李逵与宋江的形象写得跃然纸上。对于这种写法，金圣叹总结道："李逵朴至人，虽极力写之，亦须写不出。乃此书但要写李逵朴至，便倒写其奸滑。写得李逵愈奸滑，使愈朴至，真奇事也。"（第五十三回总批）

《水浒传》从一开始就为我们成功塑造了一个颇具喜剧色彩的莽汉形象。鲁莽是李逵的重要性格特征，也是他一切行为的出发点和落脚点。可是《水浒传》中不只李逵一位莽汉，史进、鲁智深、武松、阮小七等都称得上莽汉，如何才能将李逵与其他莽汉区分开呢？《水浒传》在写李逵莽的同时，还刻意凸显了他身上的喜剧色彩。这种喜剧色彩集中体现在李逵的长相、言语、行为等方面：他身材粗壮，浑身黑肉，好似舞台上的丑角，人送外号"铁牛""黑旋风"。说起话来直来直去，可谓口无遮拦，快言快语，呆趣之态尽显。在行为举止上，李逵的许多动作像极了夸张的喜剧表演。在琵琶亭吃饭时，李逵喝酒不要酒盏，而要大碗，吃鱼也不在乎是否新鲜，不仅吃完了自己的一份，还伸手去捞宋江和戴宗碗里的鱼来吃，滴滴点点，淋了一桌子汁水。

（2）李逵的"绝假纯真"

李逵身上呈现出的诸多喜剧元素，归根结底来源于其自身的"真"。李逵自身的"真"，体现在其言行的真实与内心的纯真。他从不掩饰自己内心的真实想法，想到什么就说什么，想做什么就做什么，无所顾忌。甚至对待皇帝，他也无所畏惧，敢于吐露真言。如在第七十五回"活阎罗倒船偷御酒　黑旋风扯诏骂钦差"中，面对朝廷的傲慢诏书，李逵"从梁上跳将下来，就萧让手里夺过诏书，扯的粉碎，便来揪住陈太尉，拽拳便打"，还怒骂："你那皇帝，正不知我这里众好汉，来招安老爷们，倒要做大！你的皇帝姓宋，我的哥哥也姓宋。你做得皇帝，偏我哥哥做不得皇帝！你莫要来恼犯着黑爹爹，好歹把你那写诏的官员尽都杀了！"此回先是写李逵"从梁上跳将下来"，紧接着揪住陈太尉就打，众人刚拉开，又劈头揪住前来叫喝的李虞候，将其勇猛无畏写得淋漓尽致，后又紧接一段极

聖手書生　蕭讓

九尾龜　陶宗旺

（明）崇禎青花《水浒传》人物故事图筒瓶立面图（局部）

萧让在梁山一百零八好汉中排第四十六位，对应地文星，因擅长写
苏、黄、米、蔡四种字体，故号"圣手书生"。陶宗旺，在梁山好汉
中排第七十五位，对应地理星。他是庄家田户出身，人称"九尾龟"。

具李逵特色的骂词，将"宋皇帝"曲解为姓宋的皇帝，还与宋江"对举"，喊出了"你做得皇帝，偏我哥哥做不得皇帝！"的惊人口号，让读者会心一笑之余大呼过瘾。对比在场的其他好汉，只有在后来面对所谓御酒"却是村醪白酒"时，鲁智深、刘唐、武松等人才终于发作，其余人都在忍气吞声。可以说李逵的一言一行都体现出他最真实的一面，他的那颗"任天而行，率性而动""绝假纯真"的"童心"，正是李卓吾、金圣叹等人最为推崇的理想境界。

这种纯真，正是李逵区别于其他好汉的关键所在。他重义却不愚忠，即使是最信赖的宋江，他发现问题时也敢于批评，直接表达自己的不满。他曾多次公开反对宋江的决议，例如反对招安、大闹东京城等。有时自己批评错了，他也敢于认错，从不避讳。路过刘家大庄院，他误以为宋江强抢民女，便大闹忠义堂，"砍倒了杏黄旗，把'替天行道'四个字扯做粉碎"。后来他得知是他人假冒宋江，就杀了冒充的人，回梁山负荆请罪。他杀人不眨眼，却亲情至上，担心哥哥养不好家中老母，就想接母亲上山享乐。在接娘回来的路上，李逵遇到了假冒自己劫道的李鬼，李鬼假模假样拿着两板斧，但根本不是李逵的对手。面对辱没自己名声的歹人，原本打算给他一斧的李逵，听说李鬼要赡养家中九十岁老母，居然饶了李鬼，还给了他一锭银子让他改业。对此，金圣叹赞曰："孝子之心，只是一片忠恕，写得妙绝。"（第四十二回）

他待人真诚，甘愿为了兄弟之情出生入死。宋江、戴宗二人在江州被判死刑，李逵在不知道梁山前来营救的情况下，孤身劫法场救二人。小说结尾宋江喝下有毒的御酒后，担心李逵造反重上梁山，便骗他也喝了毒酒。得知真相后的李逵没有怪罪宋江，而是垂泪说道："罢，罢，罢！生时伏侍哥哥，死了也只是哥哥部下一个小鬼！"在临死之时，他嘱咐从人把自己与宋江埋在一起。这种超越生死的真情、真心，是李逵独有的人格魅力。

为了写好李逵的"真"，《水浒传》设置了多个"假"来予以衬托。回老家接老娘时真李逵遇到了假李鬼，杀罗真人时李逵真杀却被假死戏弄，被假宋江欺骗大闹忠义堂却真负荆请罪……"真"李逵频繁遇到"假"，无非是因为作者想借假来衬托李逵的"真"。当然，《水浒传》中最能衬托"真"李逵的，实际上是与李逵形影不离的"假"宋江。李逵与宋江的

宋江

选自《金圣叹评第五才子书水浒传》，
日本东京柏悦堂翻刻本。

李逵

选自《金圣叹评第五才子书水浒传》，
日本东京柏悦堂翻刻本。

"真""假"对比，是人们在讨论《水浒传》时津津乐道的话题。李逵自出场之时，就与宋江"绑定"，在书中总是结伴出现。二人如同堂吉诃德与桑丘，在形象上相辅相成，实现了角色间的互补。金圣叹关注到李逵与宋江之间的刻意对比，认为《水浒传》将二人对写，实际上是为了凸显宋江的虚伪与李逵的真善：

> 此书处处以宋江、李逵相形对写，意在显暴宋江之恶，固无论矣。……宋江取爷，村中遇神；李逵取娘，村中遇鬼。此一联绝倒。……宋江遇玄女，是奸雄捣鬼；李逵遇白兔，是纯孝格天。此一联又绝倒。……宋江到底无真，李逵忽然有假。此一联又绝倒。宋江取爷吃仙枣，李逵取娘吃鬼肉。此一联又绝倒。……宋江取爷，还时带三卷假书；李逵取娘，还时带两个真虎。此一联又绝倒。

这诸多评语见于《水浒传》四十二回回前批语。在李逵取娘的过程中，《水浒传》刻意将其与宋江接父进行对比，这种互文式的写作手法，使李逵的真与宋江的假、李逵的率性与宋江的虚伪形成了鲜明对比，正应了那句"宋江到底无真，李逵忽然有假"。

读到这里，我们不难发现李逵真正受读者欢迎的原因，就是他身上处处彰显出的"趣味"与"真实"。李逵莽撞、无知、不懂礼数，"任天而行，率性而动"，偏偏正是这种如赤子一般无任何掩饰的情感表达，最能打动读者。李逵的纯粹，是所有人都向往，却永远也回不去的"一片天真烂漫"（金圣叹语）。

1.《水浒传》的作者是施耐庵吗

　　《水浒传》究竟为何人所作，学术界有不同说法。有人说是施耐庵写的，也有人说是罗贯中写的，还有人说是两人共同完成的。其实关于《水浒传》作者的争议，在明代初期就已经开始出现。例如明嘉靖年间有位叫高儒的藏书家编过一套《百川书志》，收录经、史、子、集四部著作，其中就收录了《水浒传》一书，里面记载："《忠义水浒传》一百卷，钱塘施耐庵的本，罗贯中编次。"（"的"读为dí，"的本"即真本）指出《水浒传》的成书，施耐庵和罗贯中两人都有参与。同时代的郎瑛在《七修类稿》中也记载："《三国》《宋江》二书乃杭人罗本贯中所编。予意旧必有本，故曰编。《宋江》又曰'钱塘施耐庵的本'。"两份材料都同时提及了罗贯中和施耐庵的名字，认为罗贯中"编次"了施耐庵的本。而胡应麟在《少室山房笔丛》提到"元人武林施某所编《水浒传》，特为盛行"，认为《水浒传》实为施耐庵所著。至于胡应麟说罗贯中是施耐庵的门人（见《少室山房笔丛》），当是因为见到刻本是施氏列名在前而产生的某种推测。

据众多文献记载，我们大致可以判断：《水浒传》当是先由罗贯中将说话、戏剧中的水浒故事综合加工而成，故曰"编次"，而后由施耐庵对这种本子加以发展、提高。一般认为，今本《水浒传》的最后写定者是施耐庵。可以说，《水浒传》的最后写定工作是在充分吸收前人成果的基础上实现的。

今天我们所看到的各种不同古本的《水浒传》又是怎么署名的呢？学界在整理研究后发现，不同版本对《水浒传》作者的记载也不尽相同。例如英雄谱本、刘兴我刊本只署名施耐庵，评林本、郑乔林刊本只署名罗贯中，嘉靖残本、天都外臣序本、一百二十回本则将二人合署。

不过今天我们在提到《水浒传》的作者时，首先想到的只有施耐庵。这是因为明末崇祯年间金圣叹的《第五才子书施耐庵水浒传》刊行后，以其巨大的影响力，改变了人们对于《水

浒传》的认知。很多人对
《水浒传》的常见"片面认
知",例如《水浒传》结束
于卢俊义惊恶梦、宋江是
最虚伪之人等,"始作俑
者"都是金圣叹。所以当
金圣叹在《第五才子书施
耐庵水浒传》中提出"施
作罗续"说,即"施耐庵
《水浒》正传七十卷",后
三十回是罗贯中《续水浒

［日］葛饰北斋绘施耐庵像

传》之恶札"之后,施耐庵作者说就逐渐被大家广泛接受。

有意思的是,不只是《水浒传》的作者是谁有争议,关于
施耐庵其人同样也众说纷纭。囿于传统的偏见,小说家施耐庵
的生平资料记载不多,仅知他是元末明初人,曾在钱塘（今浙
江杭州）生活过。自 20 世纪 80 年代以来,江苏兴化地区陆续
发现了一些有关施耐庵的材料,然这些材料可疑之处亦颇多。

明代人的记载中多说施耐庵是钱塘人,主要生活于元末明

初。但今人通过文献考证及出土文物提出了多种说法，例如有人说施耐庵就是元末明初戏曲家施惠，也有人说是苏北人施彦端，还有人说是宋末元初《靖康稗史》的编者"耐庵"，当然也有很多人认为实际上并没有施耐庵其人，只是百回本的托名。这其中最具影响力，同样也是最受争议的就是施耐庵即苏北人施彦端一说。据说当地有很多关于施耐庵的传说故事，且宋江起义最后的确也是在海州（今连云港）、淮安一带被张叔夜诱骗剿灭的。据说，《水浒传》中的许多地名都取之于施耐庵生活的家乡附近。

"施耐庵即施彦端"一说有多种文献及出土文物佐证，其中关于施耐庵的很多介绍也都据此展开。例如明人杨新撰写的《故处士施公墓志铭》中，就提到施耐庵是元至顺辛未年的进士，品德高尚，拒绝出仕，后来隐居作《水浒传》一书自遣。而署为明人王道生所作的《施耐庵墓志》（以下简称《墓志》）记载最为详细，《墓志》中说施耐庵生于元贞丙申年（1296），殁于明洪武庚戌年（1370），享年七十五岁。在考中进士后，施耐庵在钱塘一地做了两年官，后来与当朝权贵不合，辞官后回到老家闭门著书，不得志而终。《墓志》中提到施耐庵在家完成的著作包括《志余》、《三国演义》、《隋唐志传》、《三遂平妖传》、

《江湖豪客传》（即《水浒传》）等，这其中很多作品今天都被视为罗贯中所作。而《墓志》中对此的解释是罗贯中当时是施耐庵的门人，且负责施耐庵作品的校对整理工作。罗贯中入施耐庵门下一事不只见于《墓志》，胡应麟在《少室山房笔丛》中也曾提到"（施耐庵）其门人罗本，亦效之为《三国志演义》，绝浅陋可嗤也"。此外，《兴化县续志》还有《施耐庵传》一则，讲施耐庵是如何拒绝张士诚入伙邀请，举家搬迁至淮安，又婉拒朱元璋征召，最后以终天年的。"施耐庵即施彦端"一说虽然影响很大，但其中材料的诸多"硬伤"，也让此说颇有争议。例如材料中提到的施耐庵考中进士的元至顺辛未年实际上并未开科，其他文献资料也有很多窜改痕迹，生平表述不符合明人规范等。

总之，关于《水浒传》的作者问题，要想真正揭晓答案，还需要更多材料的发现与印证。

2.《水浒传》版本有繁简之分

《水浒传》的版本问题比较复杂，学界通常根据文笔描写的详略与文辞的繁简，将现存《水浒传》分为简本与繁本两个系统。最先提出简本与繁本二分法的是鲁迅，他在《中国小说史略》中认为"现存之《水浒传》实有两种，其一简略，其一繁缛"，并分别以"简本"和"繁本"称之，一直沿用至今。简本即文简事繁本，突出特点是语言描写简略，故事情节相比繁本增加了征田虎、王庆的描写。繁本即文繁事简本，相比简本文笔更好，文学水平更高，也是目前主要通行的《水浒传》版本。接下来我们将分别对简本与繁本进行介绍，讨论二者之间的关系。

（1）简本系统

《水浒传》的简本目前可知的有：《京本忠义传》、种德书堂本、插增本、评林本、英雄谱本、二刻英雄谱本、刘兴我本、藜光堂本、慕尼黑本、李渔序本、十卷本、汉宋奇书本、征四寇本、八卷本、百二十四回本、三十卷本等共十六种。需要注意的是，这十六种中，几乎大部分版本都是"建本"。所谓"建本"，指的是由建阳书坊刊刻的版本。建阳位于今福建省，是古代重要的书籍刊刻地。明嘉靖以后，建阳刊刻了大量的小说作品。现存早期的《水浒传》简本均为"建本"，其显著的特点是多采用上图下文的版式，并对原文进行了一定程度的增删，将语言简化，并插增了征田虎、王庆的故事，目的是吸引更多低水平读者购买阅读。"建本"的这种"平民化"路线扩大了《水浒传》的传播影响力，却也招致了人们对其粗糙简陋的批评。不过简本的价值还是毋庸置疑的，现择其中代表版本作简要介绍。

《京本忠义传》：此本于 1975 年发现于上海图书馆，仅存残页两张。一纸为第十卷第十七页上半页三行与下半页，一纸为第十卷第三十六页上半页三行与下半页，所涉及内容为"三打祝家庄"。因两页版心上端刻"京本忠义传"字样，故用此名。最早发现《京本忠义传》的是上海图书馆的顾廷龙和沈津，二人在 1975 年发表的《关于新发现的〈京本忠义传〉残页》一文中，对此本版式等信息进行了介绍，并推断为明正德、嘉靖年间书坊刊刻的繁本。《京本忠义传》的发现很快便引起了学界的关注，诸多专家纷纷撰文就其刊刻年代及版本体系进行讨论。其中刘世德对此本的认定最具影响力，他认为《京本忠义传》刊刻于明正德、嘉靖年间，极有可能是"建本"，从内容字数上看应当将此本归属为简本。

▲卷十　十七

指著生云的曉得那老人道你便從村裡走去只省有白楊樹便可轉

飯
湾不問路道濶狹但有白楊
樹的轉湾便是活路沒那
樹時都是死路若

還未走差了在來石秀只走不出去更兼死路裡地下埋藏有竹籤鐵蒺藜

石道這村里姓祝的最多惟有戎覆姓鍾離住居往此石秀道家賜酒飯已

若是走走差了贈着飛來惟定吃捉‥石秀拜謝了便問老上高姓那老人

秀作石秀吃了一驚跟鄧老人出來看時只見七八十個軍人背綁着一個細

見石秀又問道怎地他拿了那老人說道這斷也好大膽獨自一

拏了的是甚麼人為甚事綁了他那老人道你不見說他是宋江那里來

的細作石秀又問道怎地他拿了只‥地叶若假問老人道這個

人過來做細作打拴做個艇覽法師入村裏來却又不認這路口採大路

楊的細作石秀又問道怎地‥有人認得他從來是賊叫做錦

林走了左來石秀只是走死路又不曉的白楊樹轉湾抹角的消息人見他

個來做細作‥即報與庄上大人因此吃拿了有人認得他從來是賊

被走差了即報與庄上大人聽得前前向道說是庄上三官人巡綽過來石秀

捉在壁縫裏來時看見当前向搏着二十對纓鎗後面四五個人騎戰馬都

豹子楊林說言未了只聽得‥

林‥

一子悼着中間擁着一個年少的壯士騎一疋雪白馬上全付披掛了弓箭

《京本忠义传》残页之"石秀见杨林被捉"

家足道戰早聰也要望朝奔擁指教祝氏三傑相請衆征尊坐孫立重圍
道連日相殺征陣勞神祝龍苍道也未見勝败殺征尊兄鞍馬逐來不易

孫立便交奢顧大嫂引了樂大娘子杈伯姆兩個去後堂拜見宅眷投過孫
新解珎鮮宅奈見了樂和這三個是我兄弟指著鄒淵鄒潤道這兩個是鄆州將來的軍官祝朝

祝奉并三子鍾是聰明即見他又有老小幷許多行李車伕人馬又是奈迁
郡州差來取的公吏指著鄒淵鄒潤道這兩個是鄆州將來的軍官祝

彪奉井三子鍾是聰明即見他又有老小幷許多行李車伕人馬又是奈迁
王教師的兄弟那里有恐只顧殺牛宰馬做筵席管待衆人月飲酒食

過了兩日到第三日性快報道宋江又調軍馬殺進上來了祝彪道我
自出上馬舉此賊便出莊門放下吊橋引一百餘齊馬軍殺出甲迎見小

花李領花荣領軍五百出與祝彪正作要縱馬進夫此月後月有認的説道許
軍伕妄去趕恐防暗器此人深好弓箭祝彪聽崖衝勒轉馬來不赶領可

戰人馬投在莊上來捵起市橋省花荣特也引軍馬囘去了祝彪直到莊前
下馬進後堂来飲酒孫立動問道小將軍今日緣甚賊祝彪道今已

荣破綻勢囘馬走引他趕來與祝彪兩個鬥了數合不分勝败花荣賣了個
陣與花荣鬥了五十合吃那廝走了我知他要赶去莊他眞人每道那廝

《京本忠义传》残页之 "祝彪与花荣战"

评林本：全称《京本增补校正全像忠义水浒志传评林》，又简称《水浒志传评林》，是现存整本齐全的简本《水浒传》中刊刻时间最早的一部。全书共二十五卷，一百零三回。书中有"中原贯中罗道本名卿父编集；后学仰止余宗□云登父评校；书林文台余象斗子高父补梓"题名，卷头有天海藏序，卷末牌记云："万历甲午季秋月书林双峰堂余文台梓。"余文台即余象斗，福建建阳人，是"建本"刻书的代表人物。由"万历甲午"可知此本为明万历二十二年（1594）的"建本"。评林本在"建本"典型的上图下文的基础上，又增加了一栏，将版面分为上中下三栏。其中上栏为评语，中栏为插图，下栏为正文。余象斗新加的上栏的评语部分，是其题名"评林"的体现。《四库全书总目》称"以诸家议论及斑（指周斑）所自品题者，标于简端，是为评林"。"评林"可解为评语林立，是将"诸家议论"和个人评价汇集在一起，形成集评，这样读者可在一书之中得知百家观点。明代"评林"类著作时有出现，如凌稚隆《史记评林》《汉书评林》、沈云翔《楚辞评林》等，小说中"评林"却较少出现。评林本虽称"评林"，但细观评语可知这些评语当为余象斗一人所为，其目的也是制造商业噱头，吸引读者购买。

刘兴我本：全称《鼎镌全像水浒忠义志传》，卷首题《新刻全像水浒志传》，因署名"钱塘施耐庵编辑，富沙刘兴我梓行"，故也称为"刘兴我本"。刘兴我本全书共二十五卷，一百一十五回，卷首有清源汪子深序文一则，序尾署题"戊辰长至日清源汪子深书于巢云山房"，可知此书当刻于崇祯元年（1628）前后。刘兴我本的版式具有典型的"建本"特征，即上图下文，但在图像的版面设计上又稍有不同。这种不同主要表现在"上图"部分并非占据整个横面，而是在图的两侧还有部分文字，好像插图镶嵌在文中，因此也被称为"嵌图本"。与刘兴我本同为嵌图本的还有黎光堂本、慕尼黑本、李渔序本，这三种也都是简本中的建阳刊本，它们在章回设置及文字上有诸多相似之处，有着密切联系，此处不再展开。

（2）繁本系统

《水浒传》的繁本今可见九种，分别是：郑振铎藏嘉靖刻本、天都外臣序本、容与堂本、钟伯敬评本、大涤余人序本、芥子园本、日本无穷会藏本、袁无涯刊本和金圣叹批改本。与简本各版本有明显区别不同，几种繁本之间较为接近。不过也有以齐裕焜为代表的学者按照是否有引头诗、是否移置阎婆

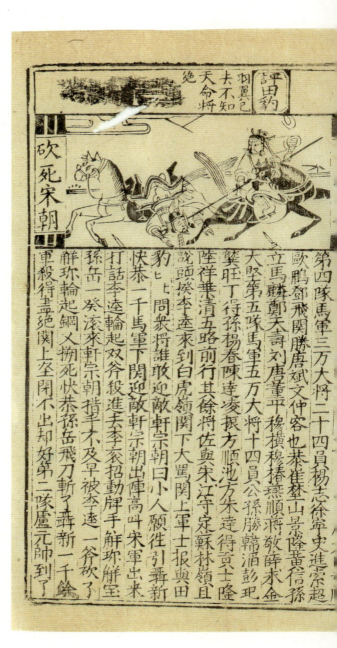

砍死宋朝

第四隊馬軍三萬大將二十四員楊志徐寧索超
歐鵬鄧飛勝唐斌文仲容也恭崔埜山景隆黃信孫
立馬麟鄭天壽劉唐董平穆橫穆椿燕順將敬薛永金
大堅第五隊馬軍五萬大將十四員公孫勝韓滔彭玘
蔡旺丁得孫楊春陳達凌振方順池方朱達得貴士隆
陸祥華清五路前行其餘將佐與宋江守定蘇林領且
說顗揆本達來到白虎嶺關下大駕關上軍士報與田
豹七問教將誰敢迎敵軒宗朝曰小人願往引弅新
快恭一千馬軍下關迎敵軒宗朝出陣高叫宋軍出來
打話李逵滾起輪起双斧殺進去李袞招動牌手解珎寶
孫岳一斧滾來軒宗朝措手不及早被李逵一斧砍了
解珎輪起鋼叉搠死快恭孫岳飛刀斬了弅新一斧砍
軍殺得盡絕關上至閉不出却好第二隊盧元帥到了

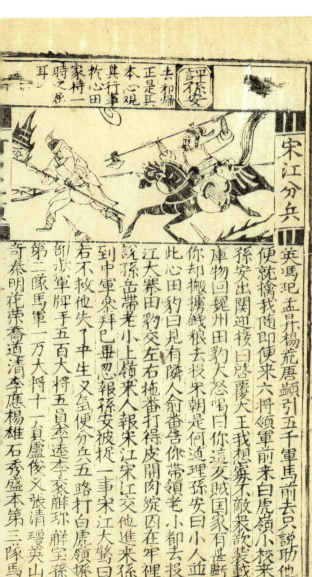

宋江分兵

评林本《水浒传》书影

选自德国哥廷根大学图书馆所藏残本，存卷二十到卷二十五。日本日光市轮王寺所藏本比较完整。

評林安
去和屬
其行車
扶山田
家將一
時之
耳
本心說
正是氏

英馮玘孟昌并楊荒唐顒引五千軍馬前去只說助他得
便就擒我隨即便来六將領軍前来白虎嶺小校来報
孫安出関迎接曰啓覆大王我想寡不敵衆裝裝載錢
庫物回魏州田豹大怒喝曰你这亥賊國家有医斷你
你却搬携錢粮去投朱朝是何道理孫安曰小人並無
此心田豹曰見有隣人俞番舍你帶領老小都去投宋
江大寨田豹交左右拖番打得皮開肉綻因在牢裡却
說孫岳带老小上嶺来人報宋江宋江交他進来孫岳
到中軍参拜已畢忍報孫安被捉一事宋江大驚曰吾
若不救他失了中生又气便分兵五路打白虎嶺撵前
部領軍牌手五百大将五員李逵李衮朱胖琥解宝孫立
第二隊馬軍一万大将十一員盧俊义張清瓊英山士
奇秦明花荣喬道清李應楊雄石秀盛本第三隊馬軍

亭、诗词文字的一些差异将繁本划分为甲、乙两大系统。繁本具有较高的文学价值，现将其中代表作简单介绍。

容与堂本：全称《李卓吾先生批评忠义水浒传》，因此本版心下有"容与堂藏本"字样，故称"容与堂本"。此本全书共一百卷，每卷对应一回，故共有一百回。据日本内阁文库本《叙》后题"庚戌仲夏日虎林孙朴书于三生石畔"可知，容与堂本当刻于明万历三十八年（1610）前后，是目前最完整的早期刻本。容与堂本虽题为《李卓吾先生批评忠义水浒传》，但学界一般认为此书非李卓吾评点，而是由叶昼托名伪作。托名伪作的现象在明代比较常见，尤其是托名有影响力的文人的情况多有发生。早在明人钱希言的《戏瑕·赝籍》中就曾经提到："比来盛行温陵李贽书，则有梁溪人叶阳开名昼者，刻画摹仿，次第勒成，托于温陵之名以行。"直言叶昼托名李贽作伪一事。除《水浒传》外，钱希言还提到署名李贽评点的"《水浒传》《三国志》《西游记》《红拂》《明珠》《玉合》数种传奇"都是叶昼伪作，而今天我们知晓的容与堂本"李卓吾先生批评"系列作品——《水浒传》《幽闺记》《红拂记》《玉合记》《琵琶记》《西厢记》《金印记》《浣纱记》，有四种都包括

宋江怒殺閻婆惜

［美］赛珍珠《水浒传》译本插图 "宋江怒杀阎婆惜"

SUNG CHIANG IN HIS WRATH KILLS P'O HSI

在内。近现代学界又有鲁迅、胡适、戴望舒等学者，也都认为容与堂本为托名伪作。

不过，即便容与堂本可能并非李贽所批，其文学价值仍然很高。尤其从古代小说理论来看，容与堂本可被视为文人型小说评点之先河。在容与堂本之前，小说评点主要是以余象斗为代表的书商型评点，侧重人物情节分析，理论性不强。而在容与堂本中，评点者借用了八股文、书法、绘画等各领域的理论术语，来评点小说的写人与叙事文法，具有较强的理论性，有力地推动了古代小说批评的理论化进程。此外，容与堂本评点表现出的思想倾向也值得关注。在评语中，我们能感受到评点者对腐败朝廷的愤恨，对反抗行为的赞赏。所以尽管容与堂本可能为叶昼伪作，但书中的思想倾向与李贽也是一致的。

袁无涯刊本：全称《出像评点忠义水浒全书》，因此本由苏州书种堂主人袁无涯刊行，故称"袁无涯本"。袁无涯本全书共一百二十回，一般认为是万历四十年（1612）或万历四十二年（1614）刊印。卷首有署名李贽的《读忠义水浒全传序》，次有《小引》一则末署"楚人凤里杨定见书于胥江舟次"，再有《出像评点忠义水浒全书发凡》《宋鉴》《宣和遗事》

等，作者署名"施耐庵集撰，罗贯中纂修"。与容与堂本一样，袁无涯本虽也署名李贽评点，但很多学者从其评语来源等出发考证此书同样是伪作。袁无涯本的评语与容与堂本的有所差异，袁无涯本虽然在理论价值上比容与堂本稍有逊色，但在小说的具体赏析上仍能见其功力，也具有很高的文学价值。袁无涯本的特点是在百回本的基础上，增加了改写的简本中田虎、王庆的故事，因此也有人称此本为繁简综合本。袁无涯本对田虎、王庆的改写是脱胎换骨式的，例如在简本中王庆是八十万禁军教头，得罪高俅后被发配淮西李州，后来频遭磨难，最终被逼造反，可以说比林冲的悲惨遭遇有过之无不及。但在袁无涯刊本中，王庆变成了一个流氓无赖，整日花天酒地，后来家财散尽，却靠着与童贯侄女通奸的关系做了个副排军，虽然最后也受到了张世开等人的迫害，但比起简本中的人物形象已是天差地别。袁无涯本对王庆故事的改编，究其原因是为了让《水浒传》的思想倾向保持一致，让宋江征讨王庆变得更具有正义性。可以说袁无涯刊本对《水浒传》故事的改编，让小说的情节更加合理，逻辑也更加完整。

金圣叹批改本：全称《第五才子书施耐庵水浒传》，由明末清初才子金圣叹评点批改，全书仅保留前七十回内容，故称"金圣叹批改本"或"七十回本"。在正文之前，金圣叹批改本还有五卷序目。其中卷一首题"圣叹外书"，另行顶格书《序一》，次《序二》与《序三》，序末署"皇帝崇祯十四年二月十五日"，可知此书刊刻于崇祯十四年（1641）二月十五日之后。卷二为《宋史纲》与《宋史目》，卷三为《读第五才子书法》。卷四序文题为《贯华堂所藏古本水浒传前自有序一篇今录之》，实为金圣叹伪造。卷五题为正文，主要是"楔子"，末尾有全书总目。金圣叹批改本最大的特点是以繁本为底本，"腰斩"掉了梁山"英雄排座次"以后的内容，转而撰写了卢俊义的"惊恶梦"作为结尾，将故事停留在梁山最兴盛的时刻。对于这种腰斩行为，金圣叹一方面以取自"古本"底本作掩饰，声称自己的版本才是《水浒传》的原貌；另一方面又从文本出发，认为七十回本《水浒传》在故事上更加完美。因此在第七十回评点中，金圣叹一再重申："一部书七十回，可谓大铺排，此一回，可谓大结束。读之正如千里群龙，一齐入海，更无丝毫未了之憾。笑杀罗贯中横添狗尾，徒见其丑也！"

　　金圣叹"腰斩"《水浒传》后，七十回本所呈现的思想倾向与百回本或一百二十回本有明显区别。《水浒传》前七十回主要写水浒好汉纷纷被逼上梁山，背后的原因是朝廷官员的腐败无能，天下大乱的原因是"乱自上作"。七十回后，为了契合"忠义"主题，原本一直与朝廷对抗的梁山好汉突然被招安，转而去攻打田虎、王庆和方腊等其他造反势力，前后思想出现了明显的矛盾之处。而在金圣叹"腰斩"后，《水浒传》的核心思想明确为讽刺朝廷与歌颂反抗，他还删掉了书名中的"忠义"二字，让时间停留在悲剧发生前的"大团圆"时刻。在对小说的评点中，我们能明确感受到他对招安的主要推动者宋江的厌恶，可谓"独恶宋江"。

除了故事情节的删改，在具体的文本描写上，金圣叹也对《水浒传》作了进一步的完善，例如人物的语言与动作描写等。他在评点中对《水浒传》的小说文体特征以及创作文法多有揭示，无论是在叙事还是写人上，他评点的角度与话语等，都成了以毛宗岗父子、张竹坡等为代表的明清小说评点家所学习模仿的范式。正如清人冯镇峦在《读〈聊斋〉杂说》中所言："金人瑞（即金圣叹）批《水浒》、《西厢》，灵心妙舌，开后人无限眼界、无限文心。"所以金圣叹评改本刊刻后，很快就成了《水浒传》

的通行版本之一。因而郑振铎在《中国文学研究》中说："不料他这一部'腰斩'的《水浒传》，却打倒了、湮没了一切流行于明代的繁本、简本、一百回本、一百二十回本、余氏本、郭氏本……使世间不知有《水浒传》全书者几三百年。"

（3）简本与繁本孰先孰后

从鲁迅在《中国小说史略》中提出简本与繁本概念起，简本与繁本之间的关系就一直受到学界关注。二者的区别较为明显，从情节设置上看简本多了征讨田虎、王庆的故事，从写人叙事上看繁本更加精美完善。与之相对的是，二者的联系成了争论的核心，关注的焦点主要在谁是更早的版本，也就是到底是简本借鉴了繁本，还是繁本借鉴了简本。造成这种局面的原因，一方面是二者关系较为复杂，今可见的诸版本之间在刊刻时间认定、评点出版人员身份认证、底本出处溯源等诸多问题上仍然无法明确；另一方面解决孰先孰后的问题又足够重要，因为关系着《水浒传》版本演变的梳理与祖本的认定。在这种情况下，学界关于简本与繁本之间的关系逐渐形成了两种主流观点：

第一种观点是简本在先，繁本在后。鲁迅在提出简本和繁本概念时，同时对二者的先后顺序进行了判断，认为简本"则成就殆当先于繁本，以其用字造句，与繁本每有差违，倘是删存，无烦改作也"。简本行文简略，如果是繁本在先，那么简本需要将繁本中的字句删改，很不合理。鲁迅一说影响深远，此后胡适、俞平伯、郑振铎等也都赞同此说。将"简先繁后"一说发扬光大的是何心与聂绀弩。何心认为简本回目与繁本不同，百十五回简本叙述任何人讲话都用"曰"，而繁本均用"道"，百十五回虽是简本，有几处文字反而比繁本多，都可证明简先繁后。聂绀弩则从文本演进的过程出发，认为简本在繁本出现以前，演进过程是正常的，基本上是由低到高的发展。同时简本与繁本在工作者（指参与出版和印刷的文人和书商）的态度和形式上都有差异，这些差异只有在简本在先的情况下才能解释得通。

第二种观点是繁本在先，由繁删简。明胡应麟《少室山房笔丛·庄岳委谈（下）》里有这么一段话："余二十年前所见《水浒传》本尚极足寻味。十数载来，为闽中坊贾刊落，止录事实，中间游词余韵、神情寄寓处，一概删之，遂几不堪覆

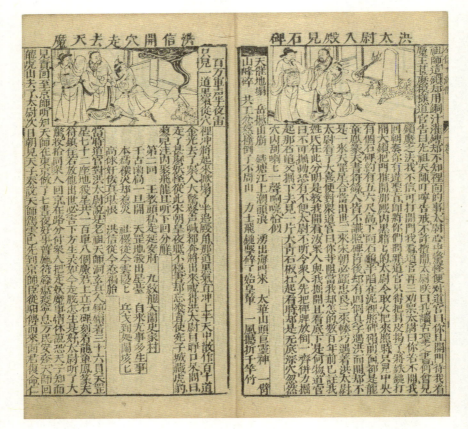

刘兴我本《水浒传》（简本）书影

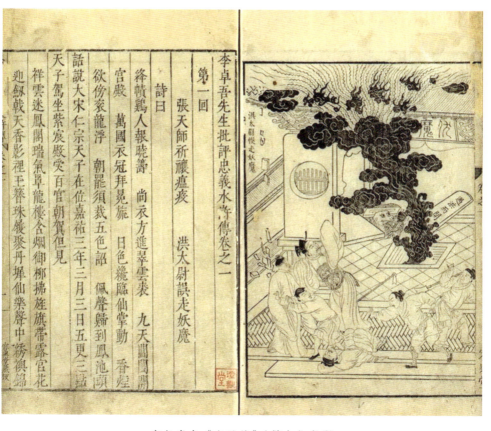

李卓吾先生批評忠義水滸傳卷之一

第一回

張天師祈禳瘟疫　　洪太尉誤走妖魔

詩曰

絳幘雞人報曉籌　　尚衣方進翠雲裘
宮殿　萬國衣冠拜晃旒　　日色纔臨仙掌動　香煙
欲傍袞龍浮　　朝罷須裁五色詔　佩聲歸到鳳池頭

話說大宋仁宗天子在位嘉祐三年三月三日五更三點
天子駕坐紫宸殿受百官朝賀但見
祥雲迷鳳閣瑞氣罩龍樓含烟御柳拂旌旗帶露宮花
迎劍戟天香影裡玉簪珠履聚丹墀仙樂聲中綉俱錦

容与堂本《水浒传》（繁本）书影

瓿。复数十年，无原本印证，此书将永废。"在这段材料中胡应麟提到了《水浒传》的两个版本，一个是"二十年前所见"本，一个是"闽中坊贾"刊本。这两个版本一个精美"极足寻味"，一个简陋或将使得《水浒传》"永废"。胡应麟口中的"闽中"本就是我们所说的"建本"，这段材料也从侧面证实了在"建本"流行以前，有更精美的版本存在，"建本"则对这些版本进行了删改："止录事实，中间游词余韵、神情寄寓处，一概删之。"胡应麟的这则记载直接冲击了鲁迅"倘是删存，无烦改作"的观点，成为由繁删简的有力证据。胡适与郑振铎都在后来改变了自己的看法，认为繁本出现于简本之前，简本存在删繁的可能性，其源头就是闽中书贾。这样，对建阳刊本的研究成为解决简本、繁本关系的关键。从现存的建阳刊本小说与资料记载来看，建阳一地的书贾在刊印小说时，经常出现删改原文、增添情节的现象。其目的与"建本"其他的特征如托名伪作、上图下文一样，都是为了吸引读者、制造噱头、增加销量。此后，由繁删简的观点逐渐被学界接受。

以上是关于《水浒传》简本、繁本的两种主流观点，除此之外也有学者提出"双源流说""繁简递嬗"等观点，此处不再一一介绍。

通过梳理版本系统，我们能对《水浒传》的演变有更清晰的认知。简陋的简本与精美的繁本体现出《水浒传》两种不同的发展方向，一个由书商操控满足普通读者的口味，一个由文人介入推动小说文体的发展。两种不同的发展方向既是《水浒传》经典地位的彰显，也是古代小说生态环境的呈现。

七 《水浒传》的影响和传播

　　《水浒传》自成书之日起就广受关注，并流传至今，成了今天读者口中的"四大名著"之一。《水浒传》的广泛传播，离不开明代文人的努力。以李贽为代表的文人墨客，以及以余象斗为代表的书贩商人，都加入到了《水浒传》的传播之中，让这本小说在"质"与"量"上都得到了极大提升。与此同时，在众多文人的参与下，以《水浒传》为蓝本的戏剧作品也如雨后春笋，佳作频出，诞生了诸如《宝剑记》等优秀作品。到了清代，尽管朝廷对《水浒传》小说与戏剧作品有所限制，但"水浒热"并没有消退，甚至出现了如《忠义璇图》这样完整呈现水浒故事的宫廷大戏，象征着水浒戏的繁荣。

　　墙内开花，墙外也香，《水浒传》在问世不久后就流传到海外，并成功落地生根。据日本学者考证，大约早在 17 世纪

《水浒传》就已经传入日本，并被翻译成了日文。而其他海外国家，例如苏联、法国、德国、意大利等国家，也都相继出现了《水浒传》译本，展现出其巨大的影响力。

可以说，《水浒传》影响力的展现，不仅仅局限于文学，更是一种文化、一种精神，成为中华民族宝贵的文化财富，堪称足以传承千古的世界非物质文化遗产。

1. 明清时期的《水浒传》评点

（1）李贽的评点：《水浒传》批点得甚快活人

周晖《金陵琐事》称，李贽曾把《水浒传》列入"宇宙内有五大部文章"之内。不仅如此，还满腔热情地致力于小说戏曲的评点。李贽晚年在给好友焦竑（字弱侯）的书简中曾谈到这一事情："千难万难舍不肯遽死者，亦只为不忍此数种书耳。有可交付处，即死自瞑目，不必待得奇士然后瞑目也。《水浒传》批点得甚快活人，《西厢》《琵琶》涂抹改窜得更妙。"（《与焦弱侯》）李贽之所以要评点《水浒传》，诚如他在《杂说》

一文中所说："胸中有如许无状可怪之事，其喉间有如许欲吐而不敢吐之物，其口头又时时有许多欲语而莫可所以告语之处，蓄极积久，势不能遏"，遂"夺他人之酒杯，浇自己之垒块；诉心中之不平，感数奇于千载"。

作为一个具有近代意识的思想家和文学评论家，李贽对当时封建专制统治和不合理的社会现实始终充满了愤恨和不平。好友焦竑在《李氏焚书序》中便说："宏甫（即李贽）快口直肠，目空一世，愤激过甚。"这种愤激的情绪，在李贽的著作中随处可见。《藏书·史学儒臣·司马谈　司马迁》里说："夫所谓作者，谓其兴于有感而志不容已，或情有所激而词不可缓之谓也。"《忠义水浒传序》又说："古之贤圣，不愤则不作矣。不愤而作，譬如不寒而颤，不病而呻吟也，虽作何观乎！"他接着便称《水浒传》是"发愤之所作也"，"敢问泄愤者谁乎？则前日啸聚水浒之强人也"。

其实，明代的胡应麟、谢肇淛、李日华等也都在《水浒传》的"虚实"问题上发表过有益的见解，特别是容与堂本点评者指出："《水浒传》事节都是假的，说来却似逼真，所以为妙。""《水浒传》文字原是假的，只为他描写得真情出，所以便可与天地相终始。"这样直接赞颂《水浒传》这部文学作品的"假",在明代以前是很难见到的。

（2）金圣叹的评点：独有《水浒传》只是看不厌

金圣叹继承和发展了容与堂本点评者的思想，他明确指出：《水浒传》"七十回中许多事迹，须知都是作书人凭空造谎出来"（《读第五才子书法》），"若夫其事其人之为有为无，此固从来著书之家之所不计"（第七十回总批）。

金圣叹对小说和史书的不同，从理论上作了进一步的规定。他在《读第五才子书法》中说道：

《史记》是以文运事，《水浒》是因文生事。以文运事，是先有事生成如此如此，却要算计出一篇文字来，虽是史公高才，也毕竟是吃苦事。因文生事即不然，只是顺着笔性去，削高补低都由我。

他认识到小说与史书的写作是根本不同的两种思维形式。史书，是指陈已经发生了的事件；而小说的写作，则在于尽情去描绘生活的或然性，因而离不开运用形象思维进行虚构，亦即具有"因文生事"或"有不得不然"的特点。

对此，他在"醉打蒋门神"一节的批文中作了具体生动的说明："武松为施恩打蒋门神，其事也；武松饮酒，其文也；打蒋门神，其料也；饮酒，其珠玉锦绣之心也。"由于作家遵循了"因文生事"的文学要求，于是便写了"酒人""酒场""酒时""酒令""下酒物""酒风""酒赞"等"笔墨淋漓"的"奇绝妙绝之文"。这些描写，都是"此篇之文也，并非此篇之事也"。也就是说，诉诸笔端的如许"奇绝妙绝之文"，都是为武松醉打蒋门神之举服务的，如没有这些场面的描写，自然也就没有下面事体的发生了。反之，如果只写事，或由史书来记载，那只要"大书一行""施恩领却武松去打蒋门神，一路吃了三十五六碗酒"（第二十八回批语）也就足够了。

所谓因文生事，自然还有其更为深刻的内涵，表现在故事描写和人物塑造中便产生了"因缘生法"的理论。金圣叹在《水浒传》第五十五回总评中说道："经曰：'因缘和合，无法不有。'自古淫妇无印板偷汉法，偷儿无印板做贼法，才子亦无印板做文字法也。因缘生法，一切具足。……而耐

武松醉打
蒋门神

钟伯敬评本《水浒传》"武松醉打蒋门神"

庵作《水浒》一传，直以因缘生法为其文字总持，是深达因缘也。"因缘生法，本系佛学用语，特指客观事物间的相互联系。因，是指事物产生和转化的条件；缘，实则是指客观事物和人之间的必然联系。金圣叹在这里显然不是在谈禅论佛，他要以此来阐释他的文学观点。在他看来，作家只有遵循生活的必然律，也就是按照事件的因果关系及其发展规律去描绘作品中的人和事，才有可能各尽其性情、气质、形状和声口，才能使世间万事万物各极其貌。诚如他在《第五才子书施耐庵水浒传·序三》中所说："何谓忠，天下因缘生法。故忠不必学而至于忠，天下自然无法不忠。"金圣叹曾说宋江杀阎婆惜是施耐庵运用"因缘生法"的妙绝文章。它不但"写淫妇便写尽淫妇"，而且宋江之杀淫妇，是"从婆惜叫中来，婆惜之叫，从鸾刀中来"。（第二十回批语）《水浒传》作者正是按照人物之间的因缘关系，写出了人物行动的必然性。所以金圣叹盛赞道："作者真已深达十二因缘法也。"（第二十回批语）

在中国文学批评史上，金圣叹对《水浒传》的评点具有重要价值。他在《第五才子书施耐庵水浒传·序三》中特别提出："学者诚能澄怀格物，发皇文章，岂不一代文物之林？"天下文章之所以无有出《水浒传》右者，就是因为施耐庵"十年格物而一朝物格"。格物一词源于《礼记·大学》。所谓格物，也就是强调主体对客体对象的一种本质把握。在金圣叹看来，作家只有别具慧眼，广泛地接触现实生活，长期地进行细致观察，才可能把握现实事物的真实面目。他反对小说中出现的"鬼神怪异之事"（《读第五才子书法》），原因就在于那不是生活的必然表现。金圣叹还第一次把塑造具有独特性格的人物提到了小说创作的中心地位。金圣叹在《读第五才子书法》中论述《水浒传》的艺术成就时特别指出：

别一部书，看过一遍即休，独有《水浒传》，只是看不厌。无非为他把一百八个人性格都写出来。《水浒传》写一百八个人性格，真是一百八样。若别一部书，任他写一千个人，也只是一样；便只写得两个人，也只是一样。

容与堂本《水浒传》已十分关注人物性格的分析，其卷首《〈水浒传〉一百回文字优劣》就说："若管营、若差拨、若董超、若薛霸、若富安、若陆谦，情状逼真，笑语欲活……此

《水浒传》之所以与天地相终始也。"其第三回总评也说：

> 《水浒传》文字妙绝千古，全在同而不同处有辨。如鲁智
> 深、李逵、武松……都是急性的，渠形容刻画来各有派头，各
> 有光景，各有家数，各有身分，一毫不差，半些不混……

《水浒传》之所以能"与天地相终始"，具有极高的文学价值，根本原因就在于将人物写"活"了，而且提出了人物性格"同而不同处有辨"的命题，触碰了人物性格个性与共性的问题。金圣叹进一步说：

> 《水浒》所叙，叙一百八人，人有其性情，人有其气质，
> 人有其形状，人有其声口。

金圣叹的这些论述不仅是对《水浒传》人物塑造成就的赞许，同时还明确揭橥了人物性格是小说艺术魅力及小说创造的核心，提出了以性格塑造的成功与否为衡量小说优劣的新标准。性格论的提出，标志着中国小说与小说理论都发展到了一个新的高度。

2. 明清时期的水浒戏与非物质文化遗产

水浒戏在《水浒传》的成书与传播过程中扮演着重要角色。元代水浒戏的诸多设定，被《水浒传》小说所继承，是其成书的重要来源之一。到了明清两代，《水浒传》文本的流传，让小说又成为水浒戏的素材来源。

（1）明代水浒戏

明代的水浒戏，按照戏剧形式的不同可以分为杂剧与传奇两个系统。据傅惜华《水浒戏曲集》所收录的情况来看，明代水浒杂剧共有七部，分别是朱有燉《黑旋风仗义疏财》《豹子和尚自还俗》，无名氏《梁山五虎大劫牢》《梁山七虎闹铜台》《王矮虎大闹东平府》《宋公明排九宫八卦阵》，凌濛初《宋公明闹元宵》。其中，朱有燉的《黑旋风仗义疏财》和《豹子和尚自还俗》两部杂剧写的都是梁山如何践行忠义，最终归顺朝廷的故事，但其中的情节更接近《宋史》所载宋江接受张叔夜招安的故事，与《水浒传》小说没有直接关系。

1)《宋公明闹元宵》

杂剧当中值得关注的有凌濛初的《宋公明闹元宵》。凌濛初，字玄房，号初成，亦名凌波，浙江湖州人，是明代重要的小说家与戏曲家。其代表作有拟话本小说集《初刻拍案惊奇》与《二刻拍案惊奇》，与同代冯梦龙所著的《喻世明言》《警世通言》《醒世恒言》合称"三言二拍"。在戏曲方面，凌濛初著有《南音三籁》与《谭曲杂札》，前者主要收录了元明两代三十二位作家的南曲作品，后者则是凌濛初对戏曲理论的批评札记。

《宋公明闹元宵》从名字即可看出与《水浒传》中"李逵元夜闹东京"一回相关，讲的是宋江等人趁元宵节潜入东京寻求李师师帮助，请求招安，结果李逵误会其独自享乐，却叫自己看门，于是性起放火闹东京的故事。凌濛初在保留《水浒传》基本故事框架的基础之上，又加入了宋代张端义《贵耳集》所载的周邦彦与李师师的逸事。全剧故事情节是：宋徽宗幸李师师家，恰巧也在李师师处的周邦彦于是躲于床下。宋徽宗给李师师带来了一颗"江南初进到"的橙子，李师师手破新橙，配盐下酒。周邦彦借此作《少年游》词："并刀如水，吴

李逵元宵闹东京

选自卜孝怀绘《水浒传》连环画之《李逵元宵闹东京》。宋江等人密谋通过李师师向皇帝表达忠心。一出原本正式严肃的大戏，因为李逵的加入而变成了十分好看的闹剧。

盐胜雪，纤手破新橙。锦幄初温，兽香不断，相对坐吹笙。低声问向谁行宿，城上已三更。马滑霜浓，不如休去，直是少人行。"后来宋徽宗听到李师师吟唱此词，得知是周邦彦所作后将其"遣离神京"。李师师出城相送，回来后又向宋徽宗唱周邦彦所作《兰陵王》一词，龙颜大悦，复召周邦彦为大晟乐正。而宋江等人在潜入京城后来到李师师家寻求招安门路，恰逢宋徽宗与周邦彦等同至。正待宋江要向宋徽宗请求招安时，李逵误会宋江出入妓院，放火大闹东京，故事结束。

从戏曲结构看，整部作品分为"宋江潜入东京"与"李师师的爱情故事"两条主线。在这两条主线中，李师师都扮演着主角，因此整部剧更像是巧借《水浒传》的题材，来叙述一段才子佳人的故事。凌濛初在处理两个故事时，打破了线性叙事，宋江与周邦彦交替出现，直至主线汇流，众人齐登台。从水浒戏的角度来看，《宋公明闹元宵》难免有生搬硬套之感，但凌濛初对李师师形象的塑造还是很成功的。

2）《宝剑记》

在明代传奇的发展中，《水浒传》作为重要题材来源，催生了诸多经典作品。例如李开先的《宝剑记》、陈与郊的《灵宝刀》、沈璟的《义侠记》、许自昌的《水浒记》等，都称得上名家名作。这些作品中，李开先的《宝剑记》无疑是最值得介绍的一部佳作，它的出现掀起了水浒戏的改编浪潮。

《宝剑记》共五十二出，内容主要取材于《水浒传》中林冲被逼上梁山的故事。作者李开先字伯华，号中麓，山东章丘人，是明代著名的戏曲家，除《宝剑记》外，另有《断发记》《一笑散》等作品。李开先并没有将《水浒传》中的故事直接搬运至《宝剑记》，而是对林冲的形象与经历进行了一定程度上的改编。在《宝剑记》中，林冲与高俅等人的冲突，起源于林冲对高俅行径不满的主动弹劾，高俅因此设计引林冲入白虎堂，害得林冲被刺配沧州。而《水浒传》中写高俅养子调戏林冲娘子一节，则被安排到了林冲刺配途中。霸占林冲娘子不成后，高俅父子指使陆谦杀害林冲，并逼死林冲母亲，林冲妻子贞娘带着林冲的宝剑出家。接下来的剧情正如《水浒传》所演绎的一样，鲁智深大闹野猪林，林教头风雪山神庙，随后投奔梁山。落草梁山后，林冲带领军队攻打朝廷，一直打到了汴京。宋帝赦免林冲，并将高俅父子送到林冲军前。林冲处死二人后，归顺朝廷。最后林冲在散步时，走到一个尼姑庵，忽然发现了家传的宝剑，找到了贞娘，一家团圆。

《宝剑记》对林冲形象的重新塑造，是整部剧的亮点之一。剧中的林冲不是《水浒传》中那个握起拳头又放下的武士林冲，而是敢于"一朝谏净触权豪"的士大夫林冲。《宝剑记》刻意削减了林冲的优柔寡断，突出了直言敢谏。同时，《宝剑记》对林冲与高俅父子冲突的重新刻画，让矛盾的焦点从私人恩怨转移到了忠邪对抗。为了凸显忠义，李开先还刻意在林冲奔赴梁山的途中，着重刻画了其矛盾心理：他原本想要做万里封侯的班超，却流落成叛国的红巾、叛主的黄巢。他内心对于建功立业的渴望，与现实的无奈，伴随着山林间的虎啸猿鸣被尽情刻画出来。最终，林冲带兵攻打汴京，杀死高俅父子，更突出了其"惩奸除恶"的忠义形象，与妻子的团聚也进一步消解了"儿女私情"对于其形象的束缚。

《宝剑记》创编于嘉靖年间，受其影响此后出现了诸如取材武松故事"武十回"的沈璟《义侠记》、取材"智取生辰纲"与宋江故事的许自昌《水浒记》等众多佳作。这些传奇在创作上有诸多共性，例如都是改编《水浒传》的非主要情节、采用双线结构叙事、设置"大团圆"式结尾等，代表着水浒戏创作的巅峰。

明代的水浒戏从整体的思想倾向来看，着重表现的是水浒的忠义主题。其中的主要原因，就在于以李贽为代表的文人对于水浒"忠义说"的主张。

（2）清代水浒戏

到了清代，尤其是明末清初易代之际，李自成、张献忠等人在起义时或多或少都有模仿《水浒传》的成分，使得清代的统治者对《水浒传》多持否定态度。乾隆年间有大臣"申严禁止，将《水浒传》毁其书板，禁其扮演，庶乱言不接，而悍俗还淳等语"，禁止《水浒传》的刊行。

1)《宣和谱》

明末清初金圣叹评点贯华堂本《水浒传》，与李贽的"忠义说"针锋相对，加剧了对《水浒传》忠义主题的批判。此时的水浒戏如介石逸叟的《宣和谱》，正反映了这一思想。《宣和谱》共有二十八出，虽然同样取材于《水浒传》，但其主要人物从宋江等人换成了小说中的"边缘人物"王进、栾廷玉、扈成等，通过写他们三人在张叔夜的带领下击败"梁山"，接受宋江招安的故事，宣扬"真忠""真义"，反对宋江的"假忠""假义"。《宣和谱》的创作可以说代表了清代水浒戏的整体思想倾向，就是批判宋江的虚伪，解构明人的忠义主题，继而宣扬官府立场上的真忠义。

2）《忠义璇图》

清代水浒戏的巅峰之作，是创作于乾隆年间的宫廷大戏
《忠义璇图》。《忠义璇图》的编纂得到了乾隆皇帝的亲自授意，
他下旨责令词臣"谱宋政和间梁山诸盗，及宋、金交兵，徽、
钦北狩诸事"，最终在周祥钰、邹金生等人的编写下，宫廷大
戏《忠义璇图》创作完成。作为官方编写的历史大戏，《忠义璇
图》与其他水浒戏相比有诸多独特之处。首先在内容上，《忠义
璇图》是第一部完整表演水浒故事的水浒戏，也是现存规模最
大、最完整的水浒戏。全戏共二百四十出，基本包含了《水浒
传》一百二十回本的所有故事情节，同时还增加了辽、金二国
的战事及钦、徽二宗被俘情节。从故事取材来看，除了《水浒
传》之外，编者还参考了诸如《义侠记》在内的其他许多水浒
戏，并且对正史记载也有引用。其次在主题上，《忠义璇图》虽
以"忠义"为名，但此忠义非表宋江之忠义，而是赞扬戏中征
讨招安宋江的李若水、张叔夜等官府将领，称赞他们的攻略与
节义，对宋江仍持批判态度。为了深化主题，《忠义璇图》还分
别在开头与结尾增加了"宣诸神发明衷旨"与"芙蓉城鬼使神
差"的戏份，以神明的名义宣扬忠义，让宋江等人在地狱接受

审判，让李若水等人游览天宫。总之，作为宫廷大戏的《忠义
璇图》称得上"歌咏太平之文，寓维持风化之意"，其政治教育
功能与官方立场使得此戏影响深远。

综上，明清两代的水浒戏都注重从《水浒传》细节处发
微，借观众所熟知的故事情节生发开来。在主题的选择上，"忠
义"成为水浒戏集中表现的核心，只不过两代戏曲家对"忠义"
的理解持相反观点。但我们能确定的是，水浒戏在明清两代的
繁荣发展，归根结底基于民众对《水浒传》小说的喜爱。

（3）水浒文化成为非物质文化遗产

小说也好，戏剧也好，水浒故事各种形式、途径的传播，
在《水浒传》成书之后明显加速，并逐渐形成了我们所熟知
的水浒文化，成为重要的非物质文化遗产。水浒文化包罗万
象，例如，崇尚侠、忠、义的江湖文化，包含儒、释、道三教
在内的宗教文化，路见不平拔刀相助、劫富济贫、崇尚武力的
绿林文化等。这些水浒文化在不同时代都对社会产生了深远
影响，小到人和人之间的交往相处，大到农民起义颠覆国家
政权，我们都可以从中找到水浒文化的身影。今人对非物质文

化越来越重视，水浒文化也在时代浪潮中找到了新的具象存在，水浒戏、水浒酒、水浒棋、水浒美食、水浒影视作品、水浒游戏……人们为水浒文化探寻着新的道路，新的传播正如火如荼。

3.《水浒传》对后世社会民众的影响

宋元时期，以水浒故事为题材的话本、戏剧相继在民间传播。宋末元初，出现了话本《大宋宣和遗事》，描述宋江、吴加亮（吴用）、晁盖等三十六人起义造反的故事，初步具有了《水浒传》的故事梗概，说书人编成的话本中就有"青面兽""花和尚""武行者"等。而自南宋之史籍《东都事略》出现以后，水浒故事已成为民间文学的主要题材。到了元朝，元杂剧中出现了有关水浒故事的剧本，流传后世的有高文秀的《黑旋风双献功》、李文蔚的《同乐院燕青博鱼》和康进之的《梁山泊李逵负荆》等。《水浒传》全书是到了明朝，经许多作者不断增添情节直至定型。

梁山泊李逵负荆

选自明代臧懋循编《元曲选》，万历时期刊本。

《水浒传》的问世，标志着中国已有数百年历史的白话文进入成熟阶段。新文化运动时期，提倡白话文，就是以《水浒传》的语言为范例，可见这部小说对中国新文学运动有着深远的影响。20 世纪 70 年代发起的"评《水浒》，批宋江"运动，在客观上也促进了《水浒传》在全国的出版与传播，出现了短暂的繁荣景象。

《水浒传》之所以成为中国文学史上影响巨大的经典，不仅在于它思想内容的丰富，而且也在于它突出的艺术成就。自《水浒传》问世以后，作为一部伟大的文学作品，它必然会对当时以及后世产生重要影响，这表现在两个方面：一方面是对后世文学创作所产生的重大影响，另一方面是对后世人民群众的现实生活所起到的积极作用。

《水浒传》成书后不仅在人民群众中流传不绝，而且也赢得了一些知识分子的喜爱。明代中叶的著名学者胡应麟在论学专著《少室山房笔丛》中就说到嘉靖、隆庆年间，"一巨公案头无他书，仅左置《南华经》，右置《水浒传》各一部"。明代思想家李卓吾索性把《水浒传》《史记》和《杜子美集》等同列为"宇宙内""五大部文章"。明清时期李开先的《宝剑记》、沈璟的《义侠记》、许自昌的《水浒记》、李渔的《偷甲记》、金蕉云的《生辰纲》、佚名的《鸳鸯楼》等传奇，都深受《水浒传》的影响。小说方面，《金瓶梅》主要是根据《水浒传》中第22回至第25回的内容改编的，《水浒后传》则是以《水浒传》续集的面貌出现的，《说岳全传》中的一些人物被写成水浒英雄的后代，包括《荡寇志》也是如此。这些都充分说明了《水浒传》对后世文学的巨大影响，直到今天，水浒故事的题材仍然在京剧和各种地方戏剧目中占据着很大比重。

另外，后世的一些农民起义领袖还直接采用了《水浒传》中起义队伍的政治诉求的口号。比如，李自成和洪秀全都自称"奉天倡义"，太平天国的旗帜上有"顺天行道"字样，义和团的旗帜上也写着"替天行道"。清末农民起义领袖宋景诗也竖起"替天行道""劫富济贫"等旗帜。反清的秘密组织天地会、洪门也都把成员聚合的地方叫作"忠义堂"。有些农民起义领袖更是把《水浒传》中英雄的姓名、绰号作为自己的姓名、绰号，譬如清代道光初年湖南桂阳有一万余人掀起了反抗运动，也推他们的头领为"宋大哥"。太平天国领袖之一的石达开则曾自号"小宋公明"。这都说明《水浒传》对后世的人民群众的反抗精神也产生了巨大的影响。

4.《水浒传》的海外传播

《水浒传》成书后被传到了国外，以后又被译成多种文字走向世界，在国际上引起了较大的反响。《苏联大百科全书》称："《水浒传》是 14 世纪中国文学的纪念碑，这部小说首次通过现实主义形式反映了反对地主和专政压迫的中世纪农民起义，是一部具有丰富形象的画廊。"日本汉学家木村英雄、仓石武四郎等都给予《水浒传》高度评价。2002 年 6 月 8 日，马来西亚翻译出版的《水浒传》在吉隆坡面市。《水浒传》至今已被翻译成多种语言文本。

早在《水浒传》成书的初期，就有流传至海外的记载。今可见的诸多文献材料都可以证实，无论是与我们相邻的东亚地区，还是在地球另外一端的欧美，《水浒传》都成功地在异国他乡落地生根。从原本的流入，到译本的刊印，再到学者研究著作的出现，在海外的传播是研究《水浒传》不可忽视的重要内容。

（1）《水浒传》在日本

日本是最早引入也是最早翻译《水浒传》的国家。据中日学者考证，至少在 17 世纪时《水浒传》就已经传入日本。早在隋唐时期，日本就曾积极派出使节、留学生和留学僧前往中国，学习先进技术与文化。在回国时，这些人往往也会将中国的书籍带回日本，使得中国的文献开始在日本流通。一开始传往的典籍以佛经为主，此后随着交流的频繁与商贸的发展，经史子集诸部著作都开始向日本传播。《水浒传》便是由中国商人带入日本的。

一开始进入日本的是《水浒传》的原本。目前能确认的现存最早传入日本的《水浒传》原本，是天海僧正所藏的《京本增补校正全像忠义水浒志传评林》（又称天海藏本）。据学者统计，今可见日本所藏的《水浒传》各版本中，有繁本系中的一百卷一百回《李卓吾先生批评忠义水浒传》（容与堂本）、一百卷一百回《钟伯敬先生批评忠义水浒传》、一百回《李卓吾评忠义水浒传》（芥子园本）等；有简本系统中的《新刊京本全像插增田虎王庆忠义水浒传》《文杏堂批评忠义水浒全传》等。此外还有"杨定见改编本"《李卓吾评忠义水浒全传》，"金圣叹批改本"《第五才子书施耐庵水浒传》等。如此多的版本表明，日本从中国购买的《水浒传》数量一定不会少。在研究中日书籍交流的重要文献《舶载书目》中，记载了《水浒传》是重复著录的小说中著录次数最多的，这也证明了日本人对于《水浒传》的喜爱。这些流传下来的各种版本的《水浒传》，不仅成为研究《水浒传》传播的重要资料，还具有极高的文献价值，是研究《水浒传》版本的珍贵文献，丰富了今天的《水浒传》研究。

《水浒传》在大量传入日本后，影响力越来越大，许多日本学者开始着手把《水浒传》翻译成日文。《水浒传》的第一个日译本是《通俗忠义水浒传》，其译者冈岛冠山被称为日本汉语研究的鼻祖。冈岛冠山精通汉语，曾著有《唐话纂要》一书，这被认为是日本第一部真正意义上的汉语教科书。《通俗忠义水浒传》共一百回，四十七卷，所依据的底本是芥子园本。冈岛冠山在翻译时，对原文多有删改，尤其是复杂处，如诗词部分都予以删略，文字也有些生硬，颇受后人诟病。不过需要注意的是，《通俗忠义水浒传》的出版过程比较复杂，其译者和底本仍有争议，虽署名冈岛冠山所译，但出版时冈岛冠山已经去世，所以人们普遍怀疑后人对此书多有增改。尽管如此，《通俗忠义水浒传》对《水浒传》在日本传播的意义还是毋庸置疑的，正是它的出现为《水浒传》在日本的繁荣发展奠定了基础。

随着译书数量的增多，许多译者开始转向《水浒传》的改编，将《水浒传》"日本化"。其中的代表人物就是日本江户时代最著名的畅销小说家曲亭马琴。曲亭马琴非常喜欢《水浒传》，他的第一本读本小说《高尾船字文》就是将《水浒传》中的诸多情节，融合进日本的净琉璃剧本《伽罗先代萩》而改编而成的。在将自己的创作兴趣转向长篇历史题材读本小说后，曲亭马琴又与高井兰山一同翻译了《新编水浒画传》。此书因有葛饰北斋的插画故称画传。曲亭马琴尽管只翻译了初篇十卷，但他刻意修正了《通俗忠义水浒传》中出现的诸多翻译问题，文笔更加通俗化，更易被普通读者所接受。

在完成这部译作后，曲亭马琴创作了他影响力最大的一

部作品，也是日本改编《水浒传》中影响最大的作品：《八犬传》。《八犬传》全称《南总里见八犬传》，两百余万字，共一百八十回，耗费了曲亭马琴二十八年的时间来创作。《八犬传》主要讲述了八位名字中带"犬"字的武士的故事，按照小说设定，八位武士分别代表了仁、义、礼、智、忠、信、孝、悌等八种美德。他们像《水浒传》中的梁山好汉一样，出生在不同地方，因为各种原因离开家乡，在宿命引导下集结，最终成就一番伟业。比较《八犬传》与《水浒传》可以发现，《八犬传》的人物设定、结构安排、故事情节等，都对《水浒传》进行了借鉴模仿。此书一经刊行，很快就洛阳纸贵，"书贾雕工日踵其门，待成一纸刻一纸，成一篇刻一篇。万册立售，远迩争睹"，足见其影响力之大。

在《水浒传》的原本、译本和改编本的影响之下，越来越多的日本学者开始投入《水浒传》的学术研究。例如，青木正儿在《中国文学概说》中就称《水浒传》"毫无异议的是中国小说中屈指的杰作"，笹川临风在其翻译的《水浒传》序言中也称"这部小说充满了传奇色彩，堪称千古奇文"。此外还有宫崎市定等，都给予《水浒传》很高的评价。这些著名的日本汉学家也都有相关的学术论著，对《水浒传》的文本、结构、文化、版本等学术问题进行过研究，产生了诸多有影响力的学术成果。因此，可以说《水浒传》在日本的传播，是兼具广度与深度的。

（2）《水浒传》在欧美

以日本为代表的亚洲地区得益于地缘优势，成为《水浒传》传播的前哨阵地。与此同时，随着多语种译本的出现，

《水浒传》在欧美地区也开始了广泛传播。在《水浒传》进入西方世界之前，已有大量中国典籍被译介成各种语言开始传播，如元代纪君祥创作的《赵氏孤儿》，在 1732 年就被传教士翻译成法文传播到了欧洲，1755 年被法国著名文学家伏尔泰改编成话剧在巴黎各大剧院上映。等到《水浒传》进入西方世界时，已是鸦片战争以后，与传入日本相差二百年左右。

1850 年，法国著名汉学家巴赞在《亚洲杂志》上发表了《水浒传摘译》，翻译了《水浒传》的一些片段，是目前可见的最早的《水浒传》片段译文。1872—1873 年，署名为 H.S. 的人在香港出版发行的《中国评论》第一卷上，发表了英文版的《水浒传》片段译文，取名为《中国巨人历险记》。在序言中，作者交代所翻译的内容主要节选自《水浒传》中鲁智深的相关冒险故事，并对《水浒传》进行了简要介绍。此后，《水浒传》不断以片段译文的形式被翻译成各种语言，并在西方世界广泛传播。

随着《水浒传》片段译文的陆续刊出，内容更加丰富的节译本与全文译本也开始相继出版。1927 年，德国汉学家埃伦施泰因出版了德文版《强盗与士兵：中国小说》一书，是西文中

第一部七十回全书的节译本。两年后，英国汉学家杰弗里·邓洛普将这一德文译本翻译成了英语，命名为《强盗与士兵》，分别由英国伦敦豪公司和美国纽约 A.A. 诺夫公司出版发行。不过这一版本的七十回节译本，并没有完全按照《水浒传》的内容直接翻译，而是对整个故事进行了简化改编。整部译作共有十二章，分别讲述了武松打虎、武松取母、潘金莲毒杀武大郎等故事。其中对原著改动较大者，例如，将李逵接母上梁山却导致母亲葬身虎口的情节换成武松取母，将押送生辰纲的杨志改为武松等。武松成了此书的主要角色。这本节译本虽以两种语言刊行，但产生的影响有限。

1933 年，美国女作家赛珍珠出版了《水浒传》的第一本英文全译本——《四海之内皆兄弟》，对《水浒传》在英文世界的传播起到了重要作用。赛珍珠虽然出生在美国，但在出生三个月后就同父母来到中国生活，旅居多地。她自幼学习汉语，对中国文化非常熟悉。赛珍珠翻译的底本采用了金圣叹评点的贯华堂七十回本。为了让西方读者更好地体会《水浒传》的精神，她摘录了《论语》中的"四海之内皆兄弟"作为书名。在翻译时，赛珍珠也自言尽可能逐字逐句地直译，让不懂中文的读者产生在读一部中文原文小说的幻觉，保留《水浒传》的"原汁原味"。赛珍珠的译作一经刊出就受到广泛关注，销量不断攀高并多次再版。

不过对于这本译作的质量，学界也颇有争议。首先对于《四海之内皆兄弟》的题目，鲁迅在该书刊行的第二年就曾指出赛珍珠对《水浒传》精神理解得不到位："因为山泊中人，是并不将一切人们都作兄弟看的。"事实上在比较了赛珍珠的翻译与原文之后，读者也能发现赛珍珠对于中国文化的理解程度的确有限。与此同时，对于作品的翻译语言，中外学者也都指出赛珍珠的所谓"直译"策略导致译本失去了《水浒传》原著的语言风格。尤其是她将原著赋予人物的多个名字删减为一的做法，更抹杀了原著对人物的个性化设定。不过总体来看，赛珍珠的译作率先将《水浒传》介绍到了英文世界，至今仍然在不断再版刊行。赛珍珠为《水浒传》的传播做出的贡献是毋庸置疑的。

此后，1980 年北京外文出版社出版了沙博理翻译的百回本《水浒传》。沙博理是犹太裔中国人，出生于美国，1963 年加入中国籍，曾将多部中国经典作品翻译成英文出版，2010 年获"中国翻译文化终身成就奖"。在翻译百回本《水浒传》之前，沙博理就曾翻译出版过多篇《水浒传》的片段译文。1980年他受命翻译的百回本《水浒传》出版，这也是第一部百回全译本。全书分为三卷，并附有明代木刻插画。关于译本的底本选择与翻译策略，沙博理在"译者说明"中自述："这一译本兼采七十回本与百回本的原文，前七十回是全文翻译，尽力忠实传达原文简捷而优美的风格，后三十回则略去一些次要的韵语和拖沓的文字；原书中的官职名称、政府机构、军事组织、兵器、人物服饰、比喻性描写等，在英语中很难找到相当的词汇，只有尽量选取近似的词汇来表达。"相比赛珍珠的译本，沙博理的译本的确在翻译的准确性、优美性上有所提升，也更符合中国人的认知。此本一经推出便颇受好评，多次再版，足以证明其影响力。

在《水浒传》各种译本的传播下，西方学界对于《水浒传》的研究也逐渐深入。其中有代表性的学者如乔治·康德林、夏志清、韩南、浦安迪等，以西方的视角对《水浒传》开展比较研究，进行文本的考证与叙事学的阐释，将《水浒传》的学术研究提高到了新的水平。

　　梁山是我的故乡，也是《水浒传》故事的发祥地。本人自幼就对通俗小说特别感兴趣，尤其是《水浒传》。早在读大学四年级的时候，受著名学者齐裕焜老师的影响，也为了参加在武汉举办的一个小说学习研讨班，我就曾搜罗撰写过一篇《水泊梁山考纪》。文章虽很不成熟，但足以说明我对《水浒传》的喜爱，后来竟然还有刊物给登载了，这对我当然是个不小的鼓励。其实这也是自己对故乡深情的一种表达。

　　在大学任教之后，我曾经专门开设过一学期的"《水浒传》研究"方面的专题课。来复旦大学读博士期间，受人之托，还曾为《水浒传》连环画的出版专门撰写过解说词。凡此种种，都说明我早已和《水浒传》结缘。作为梁山人，喜欢这部小说是不言而喻的。这次又受"中华经典通识"主编陈引驰教授的眷顾，有幸和学生高红豪一起撰写《〈水浒传〉通识》，实乃荣幸，且义不容辞。

梁山因《水浒传》而享誉海内外，那些绿林好汉为什么会啸聚于此？这与其独特的地理位置以及梁山泊的形成密不可分。《水浒传》虽然有很多虚构的成分，但其中地理境域的描绘是大致准确的。没有梁山泊，即便有梁山，这些英雄好汉也难以立足。浩渺无际的八百里水泊，是梁山好汉当年横行无忌、闯荡江湖的天然屏障。根据史料记载，梁山泊是五代后晋开运年间至北宋，因黄河在滑、郓、澶、濮等地多次决口，河水汇集到地势低洼的梁山周围形成的。元代著名杂剧作家高文秀是山东东平人，当年梁山属于东平路辖区，他在《黑旋风双献功》中曾这样描绘梁山泊："寨名水浒，泊号梁山。纵横河港一千条，四下方圆八百里。东连大海，西接济阳，南通巨野、金乡，北靠青、齐、兖、郓。"这"方圆八百里"与史书记载和历史地理的变迁是完全吻合的。

梁山好汉的民间故事在鲁西南一带流传很广，至今不绝。梁山境域历史悠久，人文资源丰富，地理位置险要，自古以来有多处城邑就设置在此。虽然梁山县治设置是 1949 年的事，但这里积累了丰富的文化资源，有着深厚的文化底蕴。西周时期这里大部分属于须句国，西汉时改为寿良县，东汉光武帝刘秀为避叔父刘良讳而又改为寿张县，南北朝时期曾一度改寿张县为寿昌县，北魏后期又恢复为寿张县。其治所，《东平县志·古迹》有载："汉寿张县故城，在县西南霍家庄。"此后，寿张的县名一直延续到1949年前后。大致说来，寿张县治设置在梁山境内的时间长达九百年，现在的寿张集镇作为曾经的县府所在地，算得上名副其实的古城。这里至今依稀可见昔日繁华的景象。诚如《寿张县志·原序》所言："夫寿张，虽弹丸之地，自春秋以来，建制不一，盖古邑也。山川则峰峦秀拔，河水汤汤，有文明之象，疆域则介乎齐鲁之郡。……君子、英豪、贤达，人才辈出，岂非密迩圣人之邦而熏陶濡染之所致欤？"梁山好汉那种"替天行道"的"忠义"之举，与孔、孟两位圣人所倡导的儒家思想不正是旨趣一致、殊途同归吗？

在《〈水浒传〉通识》一书即将付梓之际，我还必须再交代一下：本书的提纲是由我设计完成的，后来在责编的建议下做了适当调整和补充。书中图片和图注皆为责编所配所拟。

参与撰写的红豪君现在上海一大学执教，我们是师徒关系。他读书、做学问一向扎实严谨，当年的博士毕业论文也与

《水浒传》有关，驾轻就熟，所以我请他写了大部分章节。我本人的工作更多是"拾遗补缺"，前前后后也执笔写了一些，同时对高红豪写的部分内容也作了适当增删和修改。通篇润色和加工，本人责无旁贷，最后撰写了导语和后记。

　　大抵如此。不当之处，敬祈批评指正。

吴兆路　谨记

2023 年 12 月 10 日